U0036299

魔豆

魔豆

神使劇場
海的約定岩
The Story of GOD's Agents
醉琉璃——著

目錄

楔子

送走今天最後一批學生，工讀生們剛剛也先回去了，林曼芳伸伸懶腰，看見牆上掛鐘的時針都快走到十。

莉芳語文補習班只剩下幾名老師還沒走。

「後天是聖誕節了呢。」林曼芳靠著櫃台，「又是週末，妳們有什麼計畫嗎？」

「把小孩丟給老公，自己在家追劇，順便叫披薩吃。」剛新婚的田老師說。

「把家事丟給小孩和老公，跟朋友出門看電影。」小孩已經上高中的謝老師說。

方老師和助理小姐安安靜靜，不想參與這個話題。

有什麼好說的？就算後天星期六又是聖誕節，但……她們還是得來補習班工作啊！

「啊，我忘了方老師明天還有課……」林曼芳從方老師怨恨的表情慢一拍地想起。

「主任妳還忘記一件事。」助理小姐幽幽地說，「助理雖然不用上課，但全天都得在，說好的再找一位助理妹妹幫我的忙呢？」

「咳咳，這個……」林曼芳心虛了一秒。每到年底，雜事特別多，她一忙起來就把這事忘了，「那個啊……既然都要年底了，那我們就等一月再來發個徵人廣告怎樣？」

「要是妳再忘記的話……」助理小姐給出了不是很信任的眼神。

「加薪、加薪、加獎金！」田老師迅速提供意見。

「全部的人都要加！」謝老師馬上煽風點火。

「那主任妳還是忘記好了，我願意屈服於金錢的力量。」助理小姐毫不猶豫地拋棄原本的堅持。

「不不不，我肯定會記得的。」林曼芳保證，目光落至辦公區裡最安靜的角落。

宮莉奈埋頭在她的筆電裡，連一記眼神也沒有分給自己的同事兼高中好友。

這可眞反常……林曼芳摸著下巴，壓低聲音問，「莉奈是怎麼了？居然那麼安靜？她吃壞肚子了嗎？還是姨媽來了？啊，或者是姨媽要來但還沒來，心情特別鬱悶？」

「我、聽、到、了！」宮莉奈霍地抬起頭，那張猶帶稚氣的娃娃臉讓她看起來仍像個大學生，很難猜想到她其實早就年過三十，「還有沒有同學愛啊？爲什麼都猜一些亂七八糟的東西？好歹也猜個我想走文靜氣質美人路線，才都不說話的啊！」

「不可能、不可能！」補習班全體成員有志一同地擺擺手，強烈否決這個可能性。

「莉奈啊，雖然妳是美人……」林曼芳端詳起宮莉奈那張清秀明麗的臉龐，「但從我認識妳開始，妳身上就沒出現過『文靜』兩個字。至於氣質，嗯……」

傻大姊算嗎？

「妳還是別說了，反正我覺得沒好話。」宮莉奈伸伸懶腰，「妳們剛在講什麼？聖誕節嗎？」

「對啊，主任妳後天有特別安排嗎？例如跟妳老公燭光晚餐之類的？」助理小姐好奇地問道。

「如果妳老公加班，我也可以勉強跟妳燭光晚餐一下，不過妳要出錢。」林曼芳笑嘻嘻地說。

宮莉奈用匪夷所思的目光盯著林曼芳，「曼芳，妳是不是忘了一件事？」

「什麼？」

「妳後天要幫我代課啊。」

「咦？」

「妳真的忘了喔？我們上個月就說好了啊，聖誕節我要放假，所以上次妳的課是我代的，這次就換妳幫我了。」

林曼芳呆住。

助理小姐一驚，趕緊啪啪啪地翻起行事曆，「真的耶！我竟然也忘了，後天的國文課是由曼芳主任負責的！」

林曼芳黑了臉，忍不住罵出一聲「我靠」，她的聖誕節就這樣長翅膀飛走了！

「別傷心，我會給妳們帶土產的。」宮莉奈愉快地宣布，「我們要家族旅行！」

「如果我沒記錯的話，莉奈主任還沒生小孩吧？」田老師困惑地看著大家，「夫妻兩人也算家族旅行嗎？」

「也許她還帶父母一起去？」

「也許她已經有了，但還沒跟我們說。」

發現同事的猜測越來越離譜，宮莉奈哭笑不得，「是我和我老公，還有小一刻啦。」

「小一刻是？」新加入這個工作團隊沒多久的田老師，對宮莉奈口中的「小一刻」感到陌生。

「莉奈的堂弟，記得現在是大學生了。」謝老師說，「一刻唸高中時就常過來我們這裡幫忙，後來是去繁星市唸大學了，才比較少出現。雖然外表看起來有點凶凶的，但是個很不錯的孩子。」

助理小姐和方老師深感贊同地點點頭。

那些年多虧有那位堂弟在，才有辦法讓宮莉奈的桌子盡可能地維持在一個……不會發生雪崩意外的程度。

說起宮莉奈，性格好、外貌漂亮，教學方面又是眞材實料，幾乎是挑不出缺點來；就算是已婚身分，也還是擋不住小男生們對她的偷偷愛慕。

——除了她在製造垃圾和弄亂環境上，是個超級天才。

看她的辦公桌就知道，雜七雜八的東西和文件、講義全都以岌岌可危的角度堆疊，似乎只要稍微大一點的晃動，就能引發驚人的雪崩，把桌面、包括桌子主人全都埋住。

「眞懷念一刻在啊……」方老師感嘆地說，「莉奈，妳不把妳的桌子再清清嗎？」

「咦？有哪裡須要清的嗎？」宮莉奈一頭霧水地說，「很整齊啊，我都有精密地計算過了，它們絕對不會倒下來的。」

「莉奈主任……是認眞的嗎？」田老師望而生畏地說。從她的角度來看，宮莉奈左側的那座高塔簡直下一秒就會嘩啦垮下。

「她超認眞的……」林曼芳嘆了一口氣，這麼多年下來，早就認清對方改不了這毛病的事實，「反正等她被埋住，記得把她拖出來就好。」

「妳們都不懂，我這明明叫亂中有序！對我有點信心好嗎？」宮莉奈爲自己申辯。

「莉奈主任，你們家族旅行要去哪邊玩啊？」助理小姐顧左右而言他。

「喔，我們要去海邊玩。」宮莉奈果然被轉移了注意力，掩不住一臉的興高采烈，「我剛就是在排行程、找民宿，有幾間感覺都不錯，又很便宜，一時讓人難以決定。所以我決定都先列到雲端文件上，到時候再繼續研究。」

眾人沉默地看著心情愉快的宮莉奈。

冬天十二月的海邊，認眞的嗎？

會先被海風吹到冷死吧。

「別感冒啊，莉奈。」林曼芳語重心長道，「要是把感冒帶回來，就宰了妳喔。」

「欸？啊？喔。」宮莉奈傻乎乎地應和，但顯然還沒意識到，爲什麼去一趟家族旅行會和感冒扯上關係。

而在得知宮莉奈的聖誕節計畫是到冷颼颼的海邊遊玩時，沒放到假的林曼芳等人當下是一點也不羨慕了，她們甚至在內心爲宮莉奈的老公和堂弟掬一把同情的眼淚。

看天氣預報，明天開始有一波冷氣團來襲呢。

聚集多家補習班的南陽大樓在晚間十一點就會關上大門，禁止不相關人士進出。莉芳補習班十點半左右便已人去樓空，玻璃門鎖上，裡頭一片黑漆，唯獨電梯前的走道猶然亮著燈光。

突然間，走道上燈光驟滅，下一秒又全數亮起，彷彿跳電一般。可緊接著，竟換成莉芳補習班內亮起了一抹冷白色光芒。

冷光的源頭來自宮莉奈的電腦螢幕。

明明沒有任何人按下開機鍵，可電腦卻自動運轉起來，快速進入了雲端硬碟中。

「過去一點，你的臉擋住視線了啦。」

「我的臉明明那麼小，是你自己沒帶眼睛出來！」

「你們好吵，滾開，我來！」

窸窸窣窣的說話聲冷不防在空無一人的空間裡響起。

起先還壓得極低，隨後越來越大聲，演變成爭執狀態。

隨著吵鬧聲音加劇，宮莉奈桌子前面也漸漸浮現出三道半透明的影子。

他們是平常待在九樓的鬼魂甲乙丙。

南陽大樓除了是補習班大樓之外，也是學生們口耳相傳的鬧鬼大樓。許多人都說這棟外表灰沉沉的建築物裡藏著許多阿飄，三不五時就會出現靈異事件。

事實上，的確是有的。

不過大部分鬼魂都相當安分，知道學生們補習辛苦，一下課就得搭公車或搭計程車趕來，天天熬到九點多才能回家，就連六、日還是得苦哈哈地繼續前來報到，沒特殊原因，不會突然竄出來嚇人。

至於怎樣才算得上特殊原因——總之別蹺課，好好學習就沒事了。

三個鬼魂誰也不肯讓誰，都想搶奪坐在電腦前的那個王位。沒想到，過程中不知道誰凝實出來的身體撞上了宮莉奈的桌子。

剎那間，那些堆疊得高高且歪曲的雜物兼文件塔……

嘩啦嘩啦地，有如雪崩般地坍倒了。

一大堆東西砸落在桌面和地板上，在空蕩蕩的補習班內發出驚人聲響。

三個鬼魂頓時嚇得一動也不動，大氣不敢吭一聲。

喔不對，他們是鬼，早就沒氣了。

好在這個時間點大樓的警衛還沒上來巡邏，否則一定會即刻趕過來查探究竟。

「你這笨蛋！」男鬼用氣聲指責沒帶眼睛出門的小鬼。

「妳這蠢蛋！」小鬼惱怒地把過錯推給紅衣女鬼。

「你們兩個王八蛋，信不信老娘把你們撕了！」紅衣女鬼冷笑，露出森白的利牙，作勢要咬下他們一塊肉。

男鬼和小鬼瞬間慫了，像兩隻縮著脖子和翅膀的鵪鶉，乖乖地退到一邊去。

「退什麼退？還不快點把東西收拾好？」女鬼恨鐵不成鋼地說，「難不成眞的想讓宮莉奈告訴她那個脾氣很壞的堂弟，然後讓那個堂弟和堂弟的朋友再找上門嗎？」

回想起多年前被神使痛揍得哭爹喊娘的下場，另外兩鬼齊齊打了個哆嗦，與紅衣女鬼用最快速度把傾倒得亂七八糟的各種物品全撿起來，盡可能地照記憶放置回去。

「應該……還行吧？」男鬼不是很確定地看著矗立桌上的好幾座高塔。

「會不會被發現啊……然後很凶的神使就會再過來打我們了……」小鬼哭喪著臉，戰戰兢兢地說。

「不會。」紅衣女鬼自信滿滿。這些年來，她在南陽大樓裡和宮莉奈她們當了多年「鄰居」，可不是當假的，「我早就觀察過了，只要看起來很亂，但又沒有亂到把她的桌子淹滿，就沒有問題了。她不會發現自己的桌子變得跟之前不一樣的！」

既然紅衣女鬼都這麼發話了，男鬼和小鬼也跟著生起幾分信心。

搶得王位的女鬼一屁股霸佔住桌前唯一的椅子，她挽起袖子，飛快地點開了宮莉奈今天才編輯上去的雲端文件。

標題是大大的「十二月海邊家族旅行」。

「天啊，會冷死吧？現在是冬天耶！」小鬼驚訝地嚷。

「太可憐了，這個家族旅行……」男鬼抹抹眼角不存在的眼淚，「幫他們換個地方吧。宮莉奈粗心大意，身爲貼心又善良的好鬼，我們要爲她著想。」

「嗯嗯嗯。」女鬼非常同意。他們今天早就偷溜到了七樓，偷看這間補習班的人在幹嘛，自然發現到宮莉奈的聖誕節計畫，「首先是地點得改，她列的這個地方很無聊啊，我清明節的時候剛去過，只有沙子跟海浪，還有一堆寄居蟹。」

「換一個、換一個，要刺激的。」

「要讓他們留下深刻記憶的。」

「我覺得那個好。」

「不不不，我覺得另一個比較好。」

「哪裡好了？我這個可是有很多夜總會，那些兄弟姊妹可以晚上陪他們開趴！」

「才只是夜總會而已，我這個以前可是亂葬崗耶！不是都說家花哪有野花香嗎？」

「這個比喻好像怪怪的……」

「你們太吵了！我決定——」紅衣女鬼再次拿出魄力，手掌猛力往桌面一拍，但在觸及桌子的前一秒又小心翼翼地放下，她可不想再引起一次雪崩災難，「要刺激好玩，而且風景優美，還有冷冷海風可以吹的……當然是銀牙灣！」

男鬼和小鬼一愣，面面相覷了一會，緊接著連聲發問。

「是那個據說有○○和××的銀牙灣嗎？」

「是那個會發生×××事情的銀牙灣？」

見女鬼得意洋洋地點頭，兩鬼不由得握住拳，異口同聲地喊，「太棒了，那眞是一個好地方！」

解決完最重要的問題，三隻鬼魂又湊在一起，嘀嘀咕咕地商討起這個旅遊計畫的其他部分。

「只有三個人太單調了，再找其他人過來。」

「我們幫宮莉奈寄個邀請出去吧，就找那個誰跟誰，曾來過補習班的那兩位。」

「然後還要這樣那樣……」

「對，再來就是這樣那樣……」

「完成啦！」

三隻鬼魂舉高雙手，齊聲歡呼。

最後由紅衣女鬼愼重地伸出半透明的食指，按下了「傳送」。

訊息寄發出去，然後靜靜地躺在某人的收件匣中，靜待被點開的那一刻……

第一章

晴朗無雲的蔚藍天空，說明了這是一個極好的天氣。

這天氣對放假的大學生來說，無疑最適合出門玩耍；而對一刻來說，這根本就是叫他在家裡好好睡一覺。

按掉響起的鬧鐘，一刻翻了個身，用被子把自己捲起來，整個人縮在裡面，阻擋從窗外不客氣入侵進來的陽光。

只不過一刻擋得了陽光，卻擋不了來勢洶洶的堂姊。

下一秒，房間外響起了砰砰砰的敲門聲。

「小一刻、小一刻，該起床了！你起來了沒啊？」宮莉奈在門外催促地喊，「我要進去了喔，給你一分鐘的時間穿好衣服，不要說姊姊偷看你裸上半身啊！」

「裸個屁啊！」一刻暴躁地扯開棉被坐起，一張臉說有多陰沉就有多陰沉，「誰會在冬天不穿上衣睡覺的？」

「男孩子的心很複雜的，姊姊也不一定懂嘛。」聽見一刻的回應，宮莉奈直接旋開門把，開門走進臥室，「早安啊。」

「早過頭了好嗎……」一刻瞄了一眼時鐘上的時間，抹了一把臉，倒回床鋪，發出怨恨般的呻吟，「早上七點……七點耶！莉奈姊，今天是星期六，爲什麼要那麼早把我叫醒？我又沒有早八的課要上！」

「說好今天要家族旅行的，你忘了嗎？」宮莉奈看向自己堂弟的眼神，像在看一個十惡不赦的壞人，「小一刻，你怎麼能傷姊姊的心……難道你都忘了，這些年我是多麼努力拉拔你長大……」

「暫停。」一刻重新坐起，臉色很臭，「妳說顚倒了吧，明明是老子我辛苦照顧妳的！」

「小孩子說什麼老子。」宮莉奈拿出教師的姿態，「難道你連我辛苦爲你準備的愛心三餐也忘記了嗎？」

「我大學生了。」一刻翻了一記白眼，「還有妳那個叫黑暗料理。只要下廚就會炸廚房的人，還好意思說準備愛心三餐？」

「那是廚房太脆弱了，承受不起我天才的廚藝。」宮莉奈臉不紅、氣不喘地說。

一刻自認輸了，完全比不過他堂姊的厚臉皮。

「我去刷牙洗臉，妳和江言一先準備準備吧。」一刻把腳套進毛茸茸的兔子室內拖鞋裡面，打著大大的呵欠，頂著一頭凌亂的白髮往外移動。

宮莉奈跟在後面，「我跟言一早就準備得差不多了，他先去買早餐，七點半我們開車出發。」

「買早餐，眞是明智之舉。」一刻可不想一早就因爲宮莉奈的災難性廚藝而陣亡。他來到廁所前停住，凶巴巴地回頭瞪了一眼還跟在他身後的宮莉奈，「妳是想跟進來不成？都幾歲了，拿出一點大人的樣子。」

「永遠二十九歲又N個月！」宮莉奈堅定地說，「快進去吧，我是要確保你不會又跑回房間裡睡。小一刻你也別擔心啦，你小時候我就看光光了，我那邊還有保留你光溜溜的照片呢，很可愛喔。」

「可愛你老木啊！」一刻磨著牙，「先說好，妳絕對不准把那照片傳給織女、蘇染、蘇冉，還有跟他們有關的人，柯維安也絕對不行！」

「沒有沒有，你放一百個心吧，我到現在都沒主動傳給誰呢。」宮莉奈做出保證。

一刻安心地打算關上廁所門，然後頓住。

沒主動……

「慢著，意思是有被動過嗎？」

「咦？小一刻你在說什麼？我怎麼完全聽不懂……啊，言一好像回來了，我先下樓去啦。」

搶在自家堂弟當場變身成噴火龍之前，宮莉奈露出無辜的笑容，腳底抹油地溜了。

一刻的一口氣只好哽在胸口，鬱悶無比地關上廁所門，拒絕去深思那張據說光溜溜的照片，到底被動式地被傳給了哪些人。

好的，估計沒有柯維安，否則那傢伙早就跑到他面前大肆炫耀。

一刻一邊刷著牙，一邊後悔自己聖誕節爲什麼要回家一趟，否則也不會被強行拖去參加家族旅行。

不是說一刻討厭和家人出門玩。

問題是……

跟一對新婚夫妻出門旅行，這是叫他當一顆礙眼的電燈泡嗎？人家夫妻在那邊甜甜蜜蜜放閃，是要叫他被閃瞎嗎？

而且，誰會在大冬天的，還有冷氣團來襲的情況下……跑到海邊去玩啊！

想到昨天宮莉奈興致勃勃地宣布週六行程，一刻忍不住臉又想黑了。他不是沒抗議過，但都被對方以小孩子要乖乖聽姊姊的話給鎮壓。

至於江言一，一刻早就不指望那個老婆奴會有什麼作為了。

江言一的認知大概就是——老婆說什麼都是對的，如果有錯，那麼參照前面的第一句。

「派不上用場的傢伙。」一刻冷哼一聲，把毛巾掛回架子上，繼續擺著像被人欠八百萬的表情去打包行李。

兩天一夜的旅行也不用準備太多東西，只要帶上換洗衣物和一些基本用品就行，最重要的手機、錢包自然也不能落下。

一刻拎著掛有綳帶小熊吊飾的背包下樓，看見宮莉奈和江言一正坐在客廳吃早餐。

「你的份。」江言一在婚後還是維持著金髮，不過唇環早早就摘掉了，褪去了當初的不羈氣息，卻使得他五官更加鋒銳俊美，「莉奈不喜歡油條。」

喔，所以就叫他負責吃掉嗎？一刻冷漠地接過了油條和豆漿，再次體會到在這個家裡面，單身是沒有人權的。

解決完早餐，三人有效率地出門上路。

一刻自動選了後座，反正前面的正副駕駛座是給那一對夫妻放閃用的，接著他想起一個重要的問題。

「我們到底要去哪裡？」

「海邊呀。」宮莉奈愉快地說。

「我知道是海邊，哪裡的海邊？」一刻沒好氣地說。

「銀牙灣。」說話的是江言一，「你很閒就上網搜搜它的介紹，別打擾你姊休息，她昨晚很晚才睡。」

「其實我不累啊。」

「那妳多陪我說話，這樣我開車也不無聊。而且聽妳的聲音可以讓我精神百倍。」

「好呀、好呀！」

一刻摸出了耳機戴上，一點也不想知道前面的人在說些什麼。

聽著耳機裡的慢節奏音樂，他低頭搜尋起有關銀牙灣的資料。這一搜才發現，原來是個出名的觀光景點，夏天更是熱門的度假勝地。

銀牙灣，顧名思義是個天然的半月形海灣。背靠群山，沿海沙灘綿長，約兩公里。沙粒呈現銀白色，裡頭還混有微礦物晶體，天氣好的時候，整片沙灘顯得閃閃發亮，襯著藍天和碧海，說有多美就有多美。

假日時還會有許多小攤商，以吃食爲主，附近更聚集了不少特色民宿或是小木屋。遊客中心也貼心提供簡單的淋浴間，讓前來戲水的遊客能使用。

同時，銀牙灣也流傳一則帶著淒美色彩的傳說故事。

據說很久很久以前，銀牙灣還不叫銀牙灣的時候，沙灘上的沙子不是美麗的銀白色，而是一片暗沉沉的灰色。

那時候，山上和海裡各住著山之民與海之民，兩族是彼此敵對的世仇。然而偶然的一天，雙方族長的兒女卻遇見了，且雙方一見鍾情，偷偷談起了戀愛。

這段不被祝福的愛情終究被人發現，引來兩邊族人的憤怒，都認爲是對方拐走了他們重要的繼承人。

山之民與海之民準備開戰，那對苦命的小情侶悲痛於自己被拆散的命運，又不願見到雙方族人燃起戰火，於是他們約定好，在開戰的那一天，要在灰色沙灘上一同結束生命，期望能喚回大家的理智。

他們的犧牲感動了上天，也讓兩族的人懊悔不已。

於是神明決定讓那對小情侶的身軀化爲美麗的銀白沙子，成爲山與海的分界線，也提醒著山之民和海之民，不要再重蹈覆轍，造成又一次悲劇的發生。

看完這則傳說，一刻沉默一瞬。

這靠杯的是說……銀牙灣上的沙子都是那兩個人的骨灰嗎？

這哪裡淒美了？

變成恐怖故事還差不多。

在內心吐槽完畢，一刻看起部落客放的海灘照片，風景確實很美，但沙灘和海邊的人潮也多到像是在下餃子。

不過想想那是夏天拍的照片，再想想他們現在的時間點……

一刻長長地嘆了口氣。

十二月的海風向來強勁。

冬天，再加上冷氣團南下……

行吧，他覺得自己完全不用擔心人擠人的問題了，他只要擔心到時不會冷死就好。

銀牙灣的景色果然名不虛傳。

看著在自己眼前鋪展開的銀白色沙灘，和更遠方的海天一線，一刻站在車門邊，一時間也有些看呆了。

「哇，好漂亮！」宮莉奈壓著自己飛舞的長髮，眼裡是滿滿的驚艷。

「風大，先戴個帽子。」江言一從行李中先找出一頂帽子，替宮莉奈戴上，順手還簡單綁起她的長髮，免得被風吹得越來越亂。

宮莉奈轉頭對江言一露出笑容。

一刻面無表情地扭過頭去，寧願看天看地看海，就是不想看他們夫妻。

看著海浪湧上退下、退下湧上，看了快要十分鐘後，一刻終於忍受不了地扭回頭，

「你們有愛發熱不怕冷，我快冷死了。先去放行李，然後隨便你們對看到天荒地老行不行？」

「單身狗的悲哀。」江言一冷笑。

「幹！想死嗎？」一刻拳頭收緊，眼刀同時凶悍地射過去。

「別吵架、別吵架。」宮莉奈一手拉一個，「小一刻也沒說錯，我們先去放行李吧。我記得是……」

「枯島民宿。」江言一重新發動車子。

「好像是這間呢。」宮莉奈恍然大悟地一擊掌。

「莉奈姊，行程不是妳訂的嗎？」一刻吐槽，「別連我們住哪都不記得啦。」

「哎唷，行程我開雲端文件共享嘛，這樣言一覺得哪邊要修改也方便。」

「……爲什麼就沒開給我？」

「那小一刻你一定會趁機取消你的房間，拒絕參加旅行。」

被猜中心聲的一刻閉上嘴。

「不過枯島民宿耶……名字聽起來就很風雅。」宮莉奈喜孜孜地說，「不曉得房間的設備好不好，希望能看到海景。」

在宮莉奈的期盼中，車子來到了他們預訂的枯島民宿前面。

一刻率先跳下車，正打算幫宮莉奈拿行李，一隻手臂橫插過來，然後就看到江言一嫌棄的臉。

即使江言一沒開口，他的目光也赤裸裸地透露出一個意思：幹嘛搶別人老婆的行李？不知道她的老公會負責拿嗎？

一刻額角迸出青筋，內心只有一個感受：超級讓人火大啊！

宮莉奈渾然沒發覺自己堂弟想痛毆他堂姊夫一頓，她仰頭打量了幾眼他們今天要入住的地方，在心中爲江言一的選擇點了一個讚。

枯島民宿主樓外觀很有地中海風格，走的是藍白色系路線，看起來清爽大方，又充滿著海洋風情。屋簷下垂掛著一串串由貝殼和珊瑚製成的風鈴，大門前的門廊上還擺放了幾張躺椅，讓人可以悠閒地坐在那邊觀賞海景。

枯島民宿所在的位置相當好，堪稱是銀牙灣上的貴賓席。前方沒有任何遮蔽物阻擋視野，可以將銀白沙灘和碧藍大海一覽無遺，全納入眼中。

「對了，言一。」宮莉奈好奇地問道：「你覺得我們的房間能看到海景嗎？」

「問他幹嘛？直接進去問老闆不就好了？」一刻也不跟一個心眼狹小的男人搶行李了，他斜揹著包包，率先進入民宿大廳。

屋內裝潢同樣以藍白色系為主，亞麻色的沙發上靠置著幾顆色彩鮮艷的方形抱枕。櫃台處有個年輕女孩趴在那邊滑手機，有些毛躁的褐色頭髮紮成一束短短小馬尾，顯然沒發現有客人上門。

「妳好，我們今天有訂房。」一刻主動出聲。

本來懶洋洋的少女頓時像受驚的兔子，從位子上蹦跳起來，同時不知是膝蓋還是哪裡撞到了，櫃台後發出響亮一聲。

「好痛痛痛痛……」小馬尾少女慘叫，漂亮的五官扭曲成一團。

一刻等對方哀號完才又說道：「我們有預約訂房，名字是……」

忽然想起自己根本不曉得房間是用宮莉奈或是江言一的名字預訂的，一刻轉過頭，朝門外喊了一聲：

「莉奈姊，妳是用宮小姐還是江先生啊？」

「江先生、江先生，我是用言一的名字訂的！」宮莉奈趕忙小跑步進來，後方是提著行李，踩著慢悠悠步子的江言一。

「請、請再等我一下……」小馬尾少女疼得齜牙咧嘴，眼角都飆出眼淚了，足以看出剛才那一撞有多重。

「這位漂亮的小姐，我來替妳辦理入住手續吧，別理那個蠢蛋。」冷不防，大廳裡冒出了另一道聲音。

幾乎眨眼間，一抹人影便掠閃進櫃台，順道把另一人給擠了出去。

「哎呀……」宮莉奈吃驚地發現這人與小馬尾少女居然異常相像，五官彷彿同個模子刻出來般，「你們難道是……雙胞胎？」

「其實不是。」櫃台後方的少年一本正經地說。他和小馬尾少女最大的區別，主要在於他的頭髮是挑染成灰紫色，比起小馬尾少女的懶散，他則是眼角、唇角多了一絲輕佻，「我們只是碰巧長得像，沒有血緣關係的。」

「我是海湖。」小馬尾少女終於從撞到膝蓋和踢到小趾的疼痛中緩過來了，她有氣無力地趴在櫃台邊緣，「他是木森，我們都是枯島民宿的小管家，成年了，真的。還有不是兄妹也不是姊弟，眞的。」

「所以住在這裡的期間，如果有任何問題，都直接找我們反應就行，我們會用最快速度爲你們解決。」木森微微一笑，笑容甜蜜又親切，彎彎的眉眼像在放著電，「宮小姐……不，我可以叫妳莉奈姊姊嗎？莉奈姊姊，你們是來這裡玩的嗎？需要導遊嗎？需要陪玩嗎？我很樂意喔。」

被美少年喊「姊姊」，宮莉奈心花怒放，只不過還沒等她回話，身前就被一道高大身影擋住。

「不需要、不需要，你可以稱呼她江太太。」江言一陰森森地說，目光像淬了毒的利刃要在木森臉上戳出一個洞般，「我們的房間在哪裡？」

「喂，還不認眞點？」海湖趕緊撐直身體，在櫃台下踢了木森一腳，要他別再勾搭人妻，免得吃不完兜著走，說不定下一秒就挨了人家老公的拳頭。

她敢用她已經瘀青的小趾發誓，這個看起來危險又挺帥的金髮男人很樂意在木森臉上留下一枚黑眼圈。

也許是兩枚……噢，可能是乾脆讓他的臉腫成豬頭。

海湖偷瞄一眼佇立一旁的一刻，覺得對方散發出的氣勢其實也挺危險的。雖然沒有說話，但眼神凶惡，感覺是一言不合就會掀桌的類型。

「我很認真啊。」木森委屈道，「莉奈姊姊那麼漂亮，難道要我昧著良心不誇……」

「砰」的一聲，江言一手掌重重拍在櫃台上，震得木森和海湖嚇了一跳，一顆心跟著跳到嗓子口。

「到底要不要看證件？要的話快點登記。」江言一挪開手，露出底下壓著的身分證，那張俊顏沒有太多表情，但眼底的殺氣足以說明一切。

饒是木森再怎麼想勾搭人妻、和漂亮姊姊說幾句話，也不敢拿自己的生命開玩笑。

不等海湖的第二腳踢過來，他馬上拿出小管家該有的職業姿態，用最快速度登記完畢，還順便幫人申請了秋冬旅遊補助，讓他們的住宿費再折抵一千元。

「江先生，你們總共是訂兩間房，只住一晚對吧？」木森這次學乖了，不敢再朝宮莉奈露出迷人的微笑，而是中規中矩地問著江言一，「如果你們不介意沒有住在隔壁的話，可以選擇住小木屋喔。」

「小木屋？」宮莉奈眼睛一亮。

「這裡還有小木屋？」就連一刻也感興趣地湊過來，不再當一個人形背景板。

倘若能住小木屋，那麼一刻當然是千百個願意。

小木屋的活動空間肯定比一般客房大，而且沒有相鄰在隔壁的話，不就代表他可以不用時時刻刻看見這對夫妻放閃嗎？

「有喔。」海湖提起精神，一起加入推銷行列，「這時候是淡季，本來就比較少遊客，小木屋都還空著。我們枯島民宿除了這棟主樓之外……還有兩間小木屋。」

「淡季都有優惠的，升等小木屋不用再加價。」木森大力遊說，「夫妻情侶我推薦一號小木屋，空間比二號小一咪咪，但是布置得比較浪漫。二號小木屋空間大，除了雙人房外，還有一間大通鋪，擠再多人也不怕。」

「言一，你怎麼看？」宮莉奈心動不已，但也沒忘記和江言一商量。

江言一的選擇很簡單，宮莉奈喜歡哪個，他就喜歡哪個。

兩間小木屋當場就被訂下，木森和海湖迅速對視一眼，交換了一抹只有彼此才知情的安心微笑。

第二章

兩位小管家一人負責帶一邊，江言一和宮莉奈被帶到一號小木屋，一刻則是跟著木森前往二號小木屋。

一開始，一刻還沒注意到哪邊不對勁，等到他越走越遠，回頭都快看不見枯島民宿的時候，他終於察覺到一個問題。

「二號小木屋到底在哪裡？」一刻皺著眉問，他都跟著這個小管家走了十五分鐘以上了。

「快到了。」木森和善地回答，「平常那邊有按時打掃，多人份的備品也都放在裡面，要是有缺什麼再打電話跟我們說就行，我們會騎車立刻趕過去的。」

一刻聽到這話只覺得心裡咯噔一跳。

從主樓到二號小木屋還得騎車……這他媽的得距離多遠啊！

一刻的質問還來不及說出口，木森便打斷了他的思緒，愉快地宣布，「啊，到了、到了！那個就是我們的二號小木屋！」

一刻下意識看過去，果然瞧見一幢小木屋立在前方。

與充滿地中海風情的主樓截然不同，二號小木屋外表樸實又透著幾分粗獷，正門前還有著附有遮棚的門廊。木欄杆則特別雕刻上植物的花紋，靠近正門的兩根廊柱，刻的是小動物的圖案。

一刻的視線在二號小木屋上逗留幾秒，緊接著慢慢轉過頭，臉上一片痲木。映入他眼中的另一端，雪白浪花不斷拍擊著沙灘邊緣，開闊的海景毫無保留地展開在眼前……

怪不得木森說如果要送東西到這，他們會騎車過來。

枯島民宿的主樓靠近這個月牙狀海灣的首端，至於二號小木屋……

他媽的是在銀牙灣的尾端！

一刻站在這裡，都能和對邊的枯島民宿隔著海灣遙遙相望了。

「一號小木屋在哪邊？」一刻問，「我姊他們走的方向好像和我們不一樣。」

「的確不一樣，因爲一號小木屋就在主樓的旁邊呢。」木森笑咪咪地說，「來，這是你的鑰匙，退房時把鑰匙拿回來主樓就好。假如我們剛好不在、主樓鎖起來的話，門上有個木頭信箱，鑰匙丟進去就可以了。」

一刻沉默地接過鑰匙，就算對方事先說過兩棟小木屋不相鄰，可這也隔太遠了吧。靠杯啊，他走了快兩公里才走到他的小木屋！

「主樓有公共廚房，提供客人們使用。銀牙灣外也有便利商店和一些餐廳，祝你們玩得愉快。」木森朝一刻揮揮手，「這附近沒有其他住家或是民宿，就算你們晚上聲音太大也不用擔心會吵到別人喔。」

一刻可不認爲那對夫妻晚上還會跑到他這來，他一個人住這也沒什麼可吵的。草草地跟木森道了謝，一刻走進今晚要住的二號小木屋。屋內沒有太多繁複的裝潢，和外觀一樣，給人簡樸的感覺。

小木屋是樓中樓的設計，樓上是用木頭欄杆圍起的雙人房；大通鋪在一樓，硬木地板上鋪著兩張大床墊，枕頭和被子擺得整整齊齊，櫥櫃內還有備用寢具。

看完浴室的大浴缸之後，一刻先前的不滿已完全消失。畢竟他可是一個人獨佔了一幢小木屋，樓上樓下的房間還任他挑，看他喜歡哪間就睡哪間。

不得不說，的確有點爽。

一刻把行李放到一樓的大房間，會用到的東西先拿出來，接著鞋子一脫，就把自己扔到了床墊上，豪爽地張開手腳，呈大字形地攤在上面。

小木屋有冷暖空調，暖氣一開，溫暖的氣流徐徐吹出，很快便驅散了原本盤踞屋內的冷空氣。

一刻閉上眼，舒適的溫度讓他又有些昏昏欲睡。今天一早就被挖起來，現在正好可以趁機待在屋裡補眠，況且他又不是傻了，在這種大冬天跑到外面玩水上活動。

一刻不確定自己有沒有眞的睡著，突如其來的門鈴聲讓他驚得張開眼睛，反射性彈坐起來。

呆愣半晌，他才意識到那鍥而不捨的門鈴聲來自於自己的小木屋門外。

該不會是莉奈姊他們吧？一刻揉揉臉，穿著屋裡提供的室內拖鞋去開門。

但萬萬沒想到，門一開，站在門廊上的赫然是——

「我靠！爲什麼你們會在這!?」一刻瞪大眼，目瞪口呆地看著他完全沒預料到的兩位人物。

高個子的俊秀青年戴著無框眼鏡，臉上沒有顯著表情的時候看起來格外冷肅、不近人情。眉眼銳利，即使戴了眼鏡也柔和不了他的氣質，反而讓他眼神更添鋒利。

身高相對嬌小的鬈髮女孩露出大大的笑容，圓滾滾的大眼睛就像是小動物般古靈精怪。她朝呆住的一刻揮揮手，興高采烈地打著招呼。

「哈囉，我們來陪你玩啦！有沒有很感動啊？宮一刻你現在的表情，絕對是感動到呆掉了對不對！」

「爲什麼不說是被妳的大嗓門嚇到呆掉了？」蔚商白瞥向妹妹的眼神透露出嫌棄，「妳聲音大得可以把海裡的魚都嚇出來了。」

「胡說，我聲音哪有那麼大？有人這麼說自己妹妹的嗎？哥你太過分了。」蔚可可笑容一斂，轉成氣鼓鼓的表情，「你是把我當成什麼怪物了？」

「吵鬧怪吧，神經還少了好幾根的那種。」蔚商白對打擊自己的妹妹一向不留餘力。無視氣得哇哇叫的蔚可可，他朝一刻點了下頭，「莉奈姊邀我們來的。讓一下，外面風大，我要進去。」

一刻愣愣地往旁邊退開，等到兄妹倆都進到屋子裡了，才驀然回過神。

「莉奈姊找你們來的？我怎麼不知道！」一刻反手關上門，看著這對兄妹在小木屋裡繞了一圈，迅速決定了各自的床位。

蔚可可挑了樓上，蔚商白選了樓下。

「因爲是驚喜咩。」蔚可可從欄杆後探出頭，晃晃自己的手機，「莉奈姊前天傳訊過來的，說宮一刻你一個人會空虛寂寞冷，問我們要不要一起來銀牙灣玩。但先不要跟你透露，不然就沒有任何驚喜感啦。」

「老子只覺得驚嚇……」一刻從冰箱拿了一瓶礦泉水，順道將一瓶拋給蔚商白，「而且誰空虛寂寞冷？」

蔚商白和蔚可可不約而同地看著他，臉上只差沒寫著三個大字——

就、是、你。

「幹！」一刻對他們的無聲回答比出了中指，但總算明白之前木森對自己說話時爲什麼會用複數人稱，原來是因爲這間小木屋要住的不只他一個人。

不過還是要打電話去唸自家堂姊一頓。

一刻在LINE的頁面上找到宮莉奈的名字，手指用力地戳下免費通話的按鍵。

宮莉奈那邊很快就接通了，「喂喂，小一刻，想姊姊了嗎？」

「不想，完全不想。」一刻陰惻惻地說，「莉奈姊，妳弄那什麼驚喜？」

「咦？你在說什麼呀？」宮莉奈一頭霧水地反問，「我有準備什麼驚喜給你嗎？」

「蔚商白和蔚可可，妳邀人來玩幹嘛不先跟我說一聲？害我差點被蔚可可嚇到。」

「喂，宮一刻，我聽到了！我可是美少女耶，哪可能嚇到你？再怎麼說也是我哥那個恐怖冷血大魔王比較嚇人好嗎？」

「蔚可可，妳的英文單字背好了嗎？一天一頁，別忘記，我會抽查的。」

「老哥你不是人！」

「妳都說我是大魔王了。」

一刻摀住一隻耳朵，「莉奈姊，妳有聽到嗎？」

「有啊，商白和可可他們過來找你了對不對？他們剛打電話給我，問你人在哪裡呢，沒想到他們剛好也來銀牙灣，眞是太巧了呢。」宮莉奈樂呵呵地說。

「莉奈姊。」一刻的白眼都快翻到後腦勺去了，「哪裡巧了？妳自己把人找過來的都忘了嗎？蔚可可說是妳前天傳訊給他們的，邀他們來銀牙灣這裡。」

「咦咦咦？」宮莉奈的聲音聽起來很震驚，「原來是我……言一，你說什麼？你說我的文件裡的確有這項備註，所以原本訂的房間是雙人房和三人房……我看一下……」

手機另一頭安靜了一會，隨後響起宮莉奈恍然大悟的喊聲，「眞的有耶，我居然自己都忘了哈哈！」

一刻垮下肩膀，連白眼也不想翻了。碎唸宮莉奈幾句後，他掛掉電話，一轉頭便發現蔚可可下樓來了，正雙眼閃閃發亮地盯著他。

「妳幹嘛？」

「宮一刻，聽說銀牙灣的日出很漂亮耶，要不要明天一早去看？」

「才不要，妳自己去。」

「哎唷，幹嘛這樣~去啦去啦，跟我和我哥一起去看日出嘛！」

「明天清晨最低溫是七度左右。」被拖下水的蔚商白用最簡單的方法澆熄了蔚可可的熱情。

「那還是算了……」一聽氣溫七度，蔚可可再怎麼澎湃的雄心壯志都涼了。這溫度，她寧願留在屋子裡跟棉被難分難捨。

「日出不能陪看，但現在看個海景還是可以的。」一刻說，「你們兩個，看嗎？」

蔚可可的眼裡重新亮起小星星，到時候她還要撿很多貝殼送給小語！

十二月的海邊果然不是蓋的。

海風一波波吹來，寒意簡直像要凍進人骨子裡，就算一刻他們都包得緊緊，還是能感受到冷氣團的威力。

這種天氣之下，銀牙灣上的遊客只有小貓兩三隻，他們也像一刻等人一樣，在沙灘上走走逛逛，沒有誰想去挑戰這時的海水溫度。

「風也太大了啊！」蔚可可就算戴了帽子，髮絲還是被吹得凌亂，不斷飛舞，有幾次還拍到她的臉上。

「妳把頭髮綁好不就沒事了？」一刻拿出一個毛茸茸的兔子髮圈，「拿去。」

「宮一刻，你身上居然會隨身帶這個？」蔚可可趕緊把頭髮抓起，胡亂地紮成一個團子。

「莉奈姊的。她掉車上，本來要拿給她，結果忘了。」一刻雙手插回外套口袋，後悔自己沒帶個口罩過來，他的臉被吹得有夠冰，「妳不是要找貝殼？快去啊。」

「美麗的貝殼要靠緣分才能撿到的，宮一刻你一點都沒有浪漫細胞。」蔚可可搖頭晃腦地說。

「屁個緣分和浪漫細胞。」一刻嗤之以鼻，「貝殼可不能撿回去，銀牙灣有規定。」

「大不了我拍照給小語看嘛。」蔚可可嘟囔著，「萬一我沒找到最好看的貝殼，那都是你的錯，我要跟小語說。」

「幹，麥牽拖！干我屁事！」一刻拒絕揹這個鍋，「有種妳把這話對妳哥講一次。」

「我──」蔚可可拉高音量，氣勢十足，「才不敢呢！」

「我就知道。」一刻翻了白眼，「不敢還說得那麼大聲。」

「不然萬一被我哥誤以為我敢怎麼辦？我會被他的暴政壓得死死的，他是大大大魔王耶。」蔚可可小聲地說。

「我現在才知道我升級了。」蔚商白推高鏡架，側頭覷了蔚可可一眼，「看樣子我應該多做些什麼，才能符合妳說的大大大魔王。」

「不！宮一刻救我──」蔚可可用力拉住一刻的外套，試圖把他擋在自己面前，讓他成為大大大魔王的祭品。

「就說麥牽拖。」一刻沒好氣地拍開那兩隻手，「去找妳的貝殼啦。聽說接近海的地方比較能找到，不過妳可別把自己弄進海裡，別像那邊那個人離海那麼近……」

一刻視線隨意一掃，就找到一個用來當範例的對象。

那人站在遠處的沙灘上，離海相當近，湧上的浪花幾乎要打到他的腳。他的個子有點矮，一頭短髮被風吹得亂七八糟。

從一刻他們的角度看，那道側影不知為何竟散發著壯士斷腕般的毅然氣勢。

緊接著，他們三人便目睹對方放下背上的大包包、脫掉鞋子，再脫掉身上外套，往後退了一段距離，擺出一個助跑的姿勢。

「嗚啊啊，他要幹嘛？他要衝進海裡嗎？」蔚可可吃驚地瞪圓眼，「這種天氣？」

「他腦子凍壞了嗎？」一刻只覺匪夷所思。

蔚商白瞇細眼，將那人打量一遍，確認了一件事，「宮一刻，那好像是你室友。」

「我室友？你在說什麼？我室友現在不就是你嗎？最好你會分……靠靠靠靠！」一刻慢一拍意會過來，那個一副像想不開、打算衝到海裡的是他的前室友，「柯維安！」

一刻拔腿就往那人方向狂奔，說什麼都要阻止對方幹傻事。

見狀，蔚可可和蔚商白也緊追上前。

天那麼亮，風那麼大，海水還那麼冰……爲什麼這個時候的他偏偏得待在這裡？柯維安內心流著悲痛的淚水，想轉身落跑又跑不得，只覺得有一句話太適合自己現在的處境。

風蕭蕭兮易水寒，壯士一去兮不復返……

他脫掉了鞋襪，脫掉了易吸水的羽絨外套，然後慢慢地往後退，退到一個足夠讓他助跑的距離後，深吸一口氣，再深吸一口氣，繼續深吸一口氣……

還沒等他吸夠，一道吼聲已石破天驚地砸了過來。

「柯維安！」

這個熟悉的聲音、這個讓人懷念的語氣！

柯維安猛地扭過頭，雙眼熱淚盈眶地瞪大，撞入視野中的白頭髮在陽光下簡直像在散發聖光。

在柯維安看來，那個朝自己狂奔而來的人影根本就是來拯救自己的天使。

「啊啊啊啊啊！小白親愛的啊啊啊！」柯維安不管自己打著赤腳，以猛虎撲羊般的氣勢撲向了一刻，「你是來幫我撈海參的對吧吧吧吧！」

「……海參？」一刻緊急煞車，迅速伸手扣住了柯維安的腦袋，不讓對方一把撲上自己，「什麼鬼？」

「就海參咩。」柯維安眨眨自己的大眼睛。

一刻無視柯維安的裝可愛，「海參？」

那兩個字落在柯維安耳中，聽起來更像是：你是在工三小？

「小安，你怎麼了？千萬別想不開啊！」蔚可可衝過來，憂心忡忡地抓住柯維安的一隻手，「對了，你真的不冷嗎？」

「我……哈哈哈、哈啾！」蔚可可的問句才剛落下，柯維安立刻應景地打了一個大噴嚏。

噴嚏一打完，柯維安瞬間意識到冷了，「咿咿咿！好冷好冷！天啊有夠冷！」

「先去穿你的外套，還有鞋子、襪子。」一刻沒繼續糾結海參的話題，鬆手讓柯維安趕快跑回去穿戴衣物。

一刻等人則是慢慢地散步過去。

「差點以爲自己要冷死……」柯維安揹起包包，在原地不斷蹦跳著，希望增加身體的溫度，「小白、哈尼、甜心，我可不可以……」

「不可以。」一刻冷酷無情地反對。

「我都還沒說出來呢。」

「反正肯定不是好事。」

「提高人體溫度的親密接觸怎麼不會是好事？抱著彼此取暖在冬天裡是多麼有意義的一件事啊！」

「那你一開始就別蠢得要跳海。」

「準確地說，這裡的高度構不成跳海，最多是衝進海裡而已。」蔚商白雲淡風輕地說，「要跳海的話，靠近銀牙灣右端，在我們小木屋那附近有個挺高的懸崖。從那往下跳，就能正確詮釋『跳海』這個詞了。」

柯維安聽得瑟瑟發抖，「小可，妳哥好凶殘啊……這是叫我往那去的意思嗎？」

「我哥一直都超級凶殘。」蔚可可無時無刻都不忘記宣傳自家兄長的凶名，「我在他的壓榨下生活，眞的太不容易了。」

「妳再繼續說下去，我覺得妳哥會讓妳更不容易。」一刻給予忠告，目光轉向柯維安，沒忘記之前的問題，「撈海參是什麼鬼？你該不會是要告訴我，你在這種天氣想跑進海裡，爲的就是撈海參？」

蔚可可和蔚商白沒有插話，可兩人的眼神都明明白白地表示，他們在看一個傻子。

柯維安也不想當個傻子，一說起這事，他就滿腹心酸淚。

「我也是不得已的啊，小白……」柯維安哆嗦——被海風凍的——地說，「師父說，她突然好想吃徒弟親手抓到的野生海參，然後就把我踢到銀牙灣這裡來了，她簡直不是人！」

「帝君本來就不是人啦。」蔚可可說。

一刻深深懷疑柯維安這番話的眞實性。

想當初，他們第一次見到張亞紫顯露眞身的時候，柯維安便情不自禁地衝上去，彷彿要給自己的師父來個熱情的擁抱，結果下一秒，卻想給人來個過肩摔。

那動作可和尊師重道差得十萬八千里之遠。

「所以眞心話呢？」一刻犀利的眼神如同X光掃射。

「爲了能免費獲得這個月剛推出的一週年桃莉子泳裝模型紀念款，說什麼都得抓到一條！」柯維安握緊拳頭，神情堅定。

一刻二話不說地把人丟下就走。

就算他不知道桃莉子又是什麼東西，不過從柯維安的喜好不難推斷出來，鐵定是某個動畫或漫畫的小女生角色。

「哇，小白別走！別這麼無情無義、無理取鬧啊！」柯維安忙不迭地追上去，「我剛聽到蔚商白說『我們小木屋』這幾個字，好過分，要來玩怎麼沒有事先揪我一下？我空虛寂寞冷啊，讓我也跟你們住一起嘛！」

「好啊好啊，人越多越好玩。」蔚可可一向喜歡熱鬧，馬上參與遊說的行列，「宮一刻，一起嘛！我們晚上可以玩枕頭大戰、說鬼故事！」

一刻深深地吸了一口氣，把目光投向蔚商白。

「別找我做那兩件事，我就沒意見。」蔚商白淡然地說。

「不管怎樣，我先跟莉奈姊說一下吧……」一刻這反應無疑是屈服了，「還得跟民宿的管家說一聲，看小木屋多加人需要補多少錢？」

宮莉奈對柯維安的加入是樂見其成，還問了一句中餐和晚餐要不要一起吃。不過一票年輕人都極有默契地婉拒了這個要求，他們一點也不想當人家夫妻間的電燈泡。還是讓宮莉奈和江言一享受他們的兩人世界吧，他們也能夠避免雙眼遭受閃光彈攻擊的危險。

令一刻感到意外的是，民宿那邊並沒有要他們再補上一筆費用，反而豪爽地表示，只要塞得下，小木屋住多少人都沒關係，要補充多少備品再跟他們說就好。

「真是佛心的民宿啊。」柯維安朝民宿所在方向雙手合十拜了拜，「感謝他們，好人一生平安。」

「都往這方向走了，我們直接去跟管家拿備品吧，省得還讓他們多跑一趟。」一刻說道。

「小白，那民宿叫什麼名字？我要上網給他們五顆星的評價。」柯維安興沖沖地拿出手機，可等到他按照一刻說的輸入「枯島民宿」四個字，跑出來的卻都是不相關的網頁連結，「啊咧？沒找到他們的官網或粉絲團。」

「也許莉奈姊是聽朋友介紹的吧。」一刻隨口說道。

「也是喔，畢竟有些店家就喜歡低調。」柯維安認同地點點頭。

雖然海風刺骨，但晴天下的海洋卻是極爲美麗的。靠沙灘處的海浪碎成一朵朵白花，更遠方的海面則是波光粼粼，彷彿數也數不盡的發光鱗片匯聚其上。

一行四人慢悠悠地在沙灘上散步。

蔚可可揪著柯維安幫她尋找美麗的貝殼，柯維安則已經放棄尋找海參。

桃莉子泳裝模型紀念款很重要，但和小白一起海邊度假更重要。室友C肯定沒想到他正和小白度過美妙的聖誕節，等他回去就要炫耀給曲九江看哇哈哈哈！

柯維安沉浸在得意的心情中無法自拔，頭上翹起的那綹呆毛這時卻突然被風吹得抖了抖，對他來說，這彷彿就是一個訊號，他猛然扭過頭，開始四下尋找。

「柯維安，你在幹嘛？」

「我的小天使雷達發動了，這裡肯定有……喔喔喔喔！」

聽著柯維安興奮的吶喊，一刻抹了把臉，後悔自己幹嘛多此一問，他一點也不想知道答案是什麼。

「眞的假的？好厲害啊，在哪在哪？小安你的小天使在……啊！」蔚可可也看見了。

離枯島民宿不遠的銀白沙灘上，有兩個小小的身影蹲在那，似乎在堆沙堡。

柯維安的眼神比今日的陽光還要熾亮，所有冷意都被湧上來的熱情沖刷殆盡，他感覺自己體內充滿著無窮的力量。

小天使，我來了！

第三章

論起在場四名神使的身手，一刻和蔚商白不相上下，差別大約只在於前者的神力超越大多數人，蔚可可和柯維安略遜於他們兩人。

而柯維安在體力和速度方面，則又是敬陪末座。

但眼下柯維安一蹦跳起來，往前跑的動作快得讓在場三人都來不及阻止。

「小安可以去參加短跑衝刺比賽了吧。」蔚可可佩服地說。

「參個頭啊！還不快去阻止那傢伙犯罪！」一刻一秒都不敢耽擱。萬一小朋友的家長剛好在附近，直接報警處理了怎麼辦？

一刻是打從心底拒絕去警察局領回這個前室友的，他要在犯罪出現之前就果斷地扼殺掉任何可能。

「哥，我們也要衝過去嗎？」蔚可可問道。

「如果宮一刻想把他前室友扼殺掉的話，我們再出手阻止就好。」蔚商白沒有因爲別人而加快自己的步伐。

一刻當然不至於把柯維安給扼殺掉，不過扼住對方的脖子還是可以的。

「嗚呃呃呃……」被手臂夾住脖子的柯維安發出可憐的哀叫聲。

一刻對好奇看過來的小女生們點了下頭，粗暴俐落地把柯維安拖到旁邊去。

「你是想對人家小女生幹嘛？就不怕被報警嗎？」

「冤……冤枉啊，小白！在你心中我是那種人嗎？我只是要蹲守在她們旁邊，用慈愛的眼神靜靜地守護她們，把她們的一舉一動都刻畫進腦海裡！」

「幹喔，聽起來更想報警了！」

確定一刻和柯維安之間不會發生什麼血腥慘案，蔚可可繞過他們，笑咪咪地來到兩名小女孩的身邊。

「嗨，小朋友。只有妳們在嗎？妳們的爸爸、媽媽呢？」蔚可可蹲下來，看著兩人合力堆出的小城堡，大聲地誇讚，「這是妳們蓋的城堡嗎？好厲害喔！」

「是小山比較厲害。」皮膚白的小女孩害羞地躲到同伴身邊。她留著蓬蓬的齊肩短髮，微鼓的臉蛋像小包子一樣白嫩，讓人忍不住想戳，「大部分都是小山做的。」

「沒有小羊的幫忙，我也做不好。」曬成小麥色肌膚的小女孩肯定地說。她戴著球帽，頭髮綁成一束馬尾，小臉蛋酷酷的，面對陌生大人也絲毫不怕生，「我爸媽沒來，但我哥哥有在。你們想綁架我們嗎？我跟你們說，是不會成功的。」

「不不不，妳們都是那麼可愛的小天使，只有喪心病狂的大壞人才會對妳們做出綁架這種壞事。」柯維安連忙湊過來，爲自己大力洗白，「哥哥可以陪妳們一起玩嗎？我也最喜歡堆沙子了！」

「我覺得我前室友現在只有八歲。」一刻木然地說。

「五歲吧，不能更多了。」蔚商白評斷道。

眼看兩個小女生更樂於親近同是女孩子的蔚可可，柯維安迫不及待想把她們的注意力拉過來。他想到一個法子，就是替那座完成得差不多的沙堡再加些裝飾，這樣一定能收到崇拜的眼神。

他撿起幾枚貝殼，想把它們鑲嵌在城堡的牆垛上，沒想到一時力道控制不佳，貝殼放上去了，可同時也把城堡的牆給壓垮了。

小山愣住。

小羊大大的眼睛迅速浮上淚水，緊接著她放聲大哭。

「城堡！我和小山的城堡！嗚啊啊啊……嗚嗚嗚！嗚哇！」

幾乎哭聲一響，枯島民宿內就有人如旋風般地衝出來。

「小……小羊！」海湖心急如焚地一路跑向哭號的小羊，「怎麼了？誰欺負妳了？我立刻把那個混蛋揍扁！」

小羊哭得抽抽噎噎，淚水像珍珠不停往下掉。

柯維安心虛地撓撓臉，他的無心之過弄哭了小孩子，只好朝一刻投去求救的目光。

一刻聳聳肩，表示各人造業各人擔。

「怎麼了？怎麼了？」木森慢一步出現，看著眼前混亂的場面，納悶地擰起眉頭，「小……小山啊，跟哥哥我說一下發生什麼事了，葉羊怎麼哭成那樣？妳們跟我們的客人之間怎麼了？」

「叫我山蕭，小山是小羊叫的，輪不到你。」山蕭斜睨一眼過去，一身氣勢就像個小大人，「小羊的城堡被弄壞了，不過對方也不算是故意的。」

「對對對，我眞的不是故意的！」柯維安忙不迭地附和，「不然我再陪小羊一起重新蓋個城堡？」

「不要，我只跟小山蓋……」葉羊抹抹眼淚，對玩沙夥伴的選擇很挑剔，「小山之外都不要！」

被嫌棄的柯維安摀著心臟，明明他平時一向很受小朋友歡迎的……

「別哭了，晚點再陪妳蓋。」山蕭摘下自己的球帽，戴到葉羊頭上，「再哭眼睛就腫起來，就變醜了。」

葉羊像是被「變醜」兩字嚇到，打了一個哭嗝，眼淚跟著停下。

弄清是一場誤會的海湖也尷尬站起，她還記得自己剛才說要痛打惹哭葉羊的混蛋。

「呃，抱歉哪……」她對柯維安道歉，「我不是眞的要揍你。」

「錯的確是在我身上，我不該弄壞小羊她們的城堡。」柯維安看著海湖和木森，猜測他們應該就是一刻曾提到的民宿小管家。

兩人長得太像了，而且看起來意外地年輕，不知道的還以爲是兩個高中生。

他們和小山、小羊認識，那麼想必是小山、小羊的家人了，灰紫色頭髮的少年就是小山口中的哥哥了吧？

小馬尾少女看樣子則是小羊的姊姊？

「不好意思，這兩位是我們親戚的小孩，她們放假過來這裡玩。」木森對一刻四人解釋，「我是小山的堂哥，海湖是小羊的表姊，她們大多會待在這邊玩，不會跑到小木屋那邊吵到你們的。」

「其實我很歡迎……」柯維安眼巴巴地瞅著兩個小女生，話還沒說完就被一刻一掌拍上後腦勺。

「我想再跟你們拿一人份的備品。」一刻對著木森說。

「噢噢，好，等我一下！」木森三兩步跑回枯島民宿內。

「大哥哥，你們是來這玩的嗎？」被成功安撫的葉羊不再對柯維安抱持敵意，她躲在山蕭身後，緊牽著山蕭的手，探出頭的模樣宛如對這世界充滿好奇心的小動物。

柯維安的心要被萌得融化了，「對啊，我們來銀牙灣度假，雖然這裡的風真的挺冷的啦。妳們也要多注意，別感冒了。」

「那……」葉羊的眼珠滴溜一轉，視線在柯維安幾人之間來回移動，「大姊姊是跟男朋友和朋友一起來玩的嗎？」

「是朋友、朋友，沒有男朋友這東西存在的！」忽然被詢問的蔚可可用最快速度搖手否認，「一個是我哥，另外兩個是朋友。」

「喔，那大哥哥們之間有誰跟誰是男男朋友嗎？」葉羊似乎想打破砂鍋問到底。

「沒有！」一刻、柯維安和蔚商白同時強力否定。

這大概是蔚可可看過這三人最有默契的一次了。

「大哥哥和大姊姊都沒有男女朋友囉？」就連山蕭也追問道。

「小羊、小山？」海湖驚訝地看著兩個小孩子，又滿懷歉意地對一刻他們說，「不好意思，小朋友她們沒特別意思，就只是好奇……」

「沒關係。」柯維安對小孩子總是最爲寬容，他笑嘻嘻地低頭看著山蕭和葉羊，「我們都還是單身喔，妳們要爲我們介紹對象嗎？」

「說那什麼話，別開無聊的玩笑了。」一刻看不下去地揪住柯維安的外套兜帽，「木森出來了，去把你的東西拿一拿，然後我們找地方吃飯。」

「……我又錯過什麼了嗎？」木森狐疑地看向表情微妙的海湖，再看向緊緊盯著一刻幾人不放的山蕭和葉羊。

「不，沒什麼……」海湖揉揉臉，「我正打算跟客人推薦一些不錯的餐廳。」

「餐廳啊，這個問我最清楚了！哪間餐廳有漂亮的老闆娘或服務生，我都可以……」

海湖一腳踢上木森的小腿，把疼得想抱腿直跳的木森往後一推，上前親自向一刻他們介紹起附近有哪裡適合用餐。

既然來到海邊，一刻等人決定找個地方吃海鮮。

海湖推薦的餐廳果然不錯。

雖然店面小了點，但環境非常乾淨，送上來的海鮮既新鮮又美味，吃得讓人停不下來，連聊天的空檔都沒有。

因爲一旦停下，就會失去盤子裡的佳餚。

四名神使，無論男女，搶起菜來都是毫不留情。

「來來來，湯來了！」老闆娘熱情的吆喝聲傳來，她雙手端著由大碗公盛裝的湯品，提醒一刻他們小心點，「湯很燙喔，待會喝的時候注意一點。來，讓我過去一下，小心別撞到。」

一刻和蔚商白絲毫沒有手下留情的意思，他們快速地喝完一碗，立即盛裝起第二碗、第三碗。

在餐桌上，是沒有公平這件事的。

這可是一場戰爭。

等到柯維安兩人注意到的時候，湯已經差不多見底了。

「啊，老哥！」蔚可可氣急敗壞地嚷。

「吃完妳的東西再說話。」蔚商白慢條斯理地擦擦嘴巴，就算是對自己的妹妹，也同樣冷酷無情，完全不考慮分給她一些。

見到自家菜色大受歡迎，老闆娘眉開眼笑地端著一盤水果走過來，「這是我們招待的芭樂，很脆很好吃喔。」

「謝謝大姊。」蔚可可嘴甜地道謝：「你們家的東西都好好吃喔！」

「哪裡哪裡，是你們太誇獎了啦。」老闆娘嘴上謙虛著，但臉上的得意笑容掩飾不住，「你們是從哪邊過來的啊？」

「繁星市。」柯維安的湯還沒喝完，不過他決定先撈幾塊芭樂到自己盤子裡，免得待會什麼也沒剩下，「我們是同學一起來這玩。」

「這種天氣還跑來海邊玩，年輕人就是不怕冷。」老闆娘打趣地說，「像我跟我老公，都寧願縮在店裡面，不想出去外面一步了。」

「不不不，我都要冷死了。這裡的海風比想像中來得厲害啊，眞不愧是銀牙灣。」蔚可可認眞地說。

「你們是當天來回嗎？」店裡沒什麼客人，老闆娘乾脆和一刻他們聊起天來，「繁星市到銀牙灣，開車也要快兩個小時吧。」

「差不多。」眞正是從繁星市出發的柯維安代表發言，「我們明天才走，今天就住在枯島民宿那邊。」

「枯島民宿？我好像沒聽過耶。」老闆娘扭頭朝廚房內喊了一聲，「欸！你有聽過枯島民宿嗎？」

「不知道！」身兼廚師的老闆大聲回答，「該是最近新蓋的吧，聽都沒聽過！」

「那估計是最近才有的。」老闆娘說，「我們在地人，在這住了幾十年了，大部分的旅館啊、民宿啊，都了解得很清楚。不過你們住的那間，我們還眞的第一次知道。」

「原來如此啊……那老闆娘，除了沙灘之外，這裡還有什麼可以逛的嗎？」

「來銀牙灣就是要玩水啊。你問我還有哪裡可以逛……嗯，山上是可以去走一走啦，說不定還會看見野生的猴子，但牠們挺凶的，我鄰居就曾被搶過食物。聽說山上好像還有……那什麼，比猴子還要大隻的……」

「猩猩？」

「不是不是，我想看看喔，記得也是兩個字的……喔對啦，是狒狒啦！」

「狒狒？」柯維安大吃一驚，他壓低音量跟一刻說，「我沒記錯的話，狒狒不是主要分布在非洲嗎？」

「台灣都能有六條尾巴的狐狸了，出現狒狒算什麼？」一刻鄙夷他的大驚小怪。

柯維安被說服了。

和有六條尾巴的狐狸比起來，這裡有狒狒的確一點也不奇怪呢！

「聽這邊的人說，山上有狒狒出現呢，小姐妳可別跑到山上去。」

枯島民宿的大廳此刻正被拿來當飯廳使用。

海湖語氣嚴肅，但她的姿勢和嚴肅可是八竿子打不著。她就如同一灘爛泥，毫無形象地躺在沙發上，眼睛半閉著，似乎隨時會睡過去。

被稱爲「小姐」的葉羊乖巧地點點頭，吃東西的動作沒有停下，腮幫子鼓起，就像隻小動物快速地咬著手上的捲餅。

那是木森從外面買回來的傻子餅。麵皮裡包裹著酥脆的炸麵粉條，吃起來會卡滋卡滋地響，沒有太強烈的味道，只有天然的麵粉香，是種滋味樸實的小吃。

「那只是胡說八道，我就沒聽說這種傳聞。」木森反駁海湖的說法，「不信可以問我們小主人。」

「沒有狒狒，倒是有猴子。」山蕭看不下去海湖的姿勢，小臉沉下，「海湖妳坐好一點，骨頭沒了嗎？妳這樣會帶給小羊不好的影響。」

「不會啦。」葉羊傻氣地笑，「我看習慣啦。爺爺有跟我說過，這叫『頹廢沒救的大人』，不須要多對他們嘮叨的。」

「咳咳咳……」海湖再怎樣懶散，也不想被貼上頹廢又沒用的標籤，她立即坐直身體，企圖扭轉自己在葉羊心中的形象，「小姐，妳可千萬別習慣，我還有救的，妳別放棄我啊。」

「我聽小山的。」葉羊甜甜地笑著。

海湖摀著胸口，痛心疾首，恨不得自己的眼神能化成刀子，把那個和他們家小姐認識沒多久的山蕭給戳出無數個洞。

順便也把木森戳出洞算了。

要不是木森跑來這，山蕭也不會跑過來，她和小姐也就不會認識這兩個傢伙了。

是的，雖然和木森同為枯島民宿的管家，但海湖和木森也才認識一小段時間而已，更不用說那位山蕭了。

她最多只知道山蕭是木森的小主人……並且，他們和她們一樣，都是妖怪。

此時一塊待在民宿大廳的四個人，其實都不是人類。

海湖和葉羊，木森和山蕭，他們兩方是不同族的妖怪。至於各自是屬於哪個種族，誰也沒有向對方坦白，畢竟這也算是隱私。

只要知道對方是妖怪就很足夠了。

海湖是看到徵人啓事才跑來枯島民宿應徵，遇上了也來找工作的木森，兩人當上這裡的小管家，專門爲前來住宿的客人服務。

忙時恨不得生出三頭六臂，但一清閒下來，又像無所事事。不過待遇相當優沃，整體來說是很不錯的工作。

只是工作沒多久，自家的小姐和木森的小主人就接連找上門。

一個是哭哭啼啼，一個是臭著一張小臉，明明是互不認識的兩人，來這的原因倒是如出一轍。

都是和家人鬧起了脾氣，不肯回去。

堅持要離家出走。

海湖和木森拿自己的小姐/小主人沒辦法，也知道族裡估計是睜隻眼、閉隻眼，才會讓他們跑來這裡。

好在枯島民宿的老闆鮮少過來，都是把事情交由他們處理，不用擔心會被發現這裡多了兩個小孩。

因此他們才會讓一刻等人住到小木屋那裡，自己偷偷塞人住進來的事還是越少人知道越好。

「吃餅吧，海湖。想太多容易生皺紋喔，這樣就不漂亮了呢。」木森把一塊傻子餅塞到海湖手上。

「你這時候塞這給我，是暗示我是傻子嗎？」海湖皺起眉來。

「所以我說，妳眞的想太多了……」木森一攤手，「要多學學我。」

「到處去跟女人搭訕嗎？嘖，別帶壞我家小姐。」給了木森嚴厲的一眼後，海湖把傻子餅先放到一邊去，正視著葉羊，有件事她還記掛在心裡，不問清楚實在難以放心，

「小姐，妳那時候爲什麼要問我們客人那些問題？」

「什麼問題？」木森沒有跟上進度。

「就是之前在沙灘上，你錯過的。」海湖耐著性子，畢竟這事不只是跟她小姐有關係，跟木森的小主人也有關係，「你先聽，之後再問。小姐，妳和山蕭爲什麼要問那些問題？問他們……有沒有對象？」

「他們單身的話，就不用擔心會變成拆散情侶了。對吧，小山。」葉羊看向山蕭。

「小羊說的對。」山蕭同意地說道。

「等一下，小主人，我應該沒想錯吧。妳們該不會是……」木森很快就領悟過來這

兩個小朋友的打算。

葉羊和山蕭是爲了相同的理由，才會離家出走跑到枯島民宿。

而那個理由——

「有人代替我和小山的話，我們就不用跟陌生人結婚了！」葉羊天眞地笑起來。

「我們還那麼小，爲什麼就要去跟不認識的人結婚？」山蕭惱怒地說，「族長太過分了，爲了族裡的利益，就要犧牲自己的女兒！」

連爸爸也不肯叫了，看樣子果然很生氣啊……木森頭痛地揉著額角。

「但就算這樣，那也不能找其他妖怪代替妳們啊。」海湖試圖阻止這個荒謬的計畫，「那太危險了！」

「笨啊。」山蕭替葉羊開口，臉上寫著明顯的嫌棄，「誰說那幾個人是妖怪的？」

「咦咦咦？」這一次，海湖跟木森異口同聲地喊。

「今天來住宿的客人們難道不是……不可能啊！」木森驚訝地說，「會來到這裡，不就表示他們……」

「也是妖怪。」海湖接著把話說完。

不能怪小管家們如此吃驚，因爲他們工作的地方，主要是爲妖怪服務的民宿。

不只他們，就連他們的老闆也是妖怪。

從幾個月前開幕到現在，枯島民宿就只在妖怪和其他非人者之間打廣告，普通人類照理說是不會知道這間民宿的。

即使是來到銀牙灣的遊客，在障眼法的影響之下，大多也不會注意到這棟藍白風格的民宿。

於是海湖和木森先入爲主地誤會了一刻一行人的身分了。

現在看來，還是有極小的機率會讓人類誤打誤撞地預訂到這間民宿。

山蕭冷酷地說，「怪不得族長之前在抱怨現在的年輕妖怪一代不如一代。木森，你該多加修練，提升妖力了。」

木森摸摸鼻子，決定當個安靜的美少年。再怎麼說，山蕭的實力的確勝過他許多。

「海湖你們都沒發現到嗎？我聞聞就知道了。」葉羊老氣橫秋地說，「那四個人身上都沒有妖氣的味道，聞起來就是很普通的人類。」

「原來如此，怪不得小姐會鎖定他們……人類確實很好下手，也不會反抗。讓他們閉上嘴巴的話，短時間也不會被人發現到不對勁，是很好的替身呢。」海湖並不覺得對人類出手有什麼問題，只能怪他們倒楣，在這個時間點自動送上門了。

「雖然很不好意思，但我不想要跟別的妖怪聯姻呀。」葉羊小小聲地說。想到自己還那麼小，婚姻大事卻已經被決定好，頓時連手上的餅也覺得不香了。

就算大人們都說這只是先訂下婚契，不是真的結婚，等以後長大了，覺得還是不合適的話可以解除，她還是很不開心。

她想要現在就徹底解除，想要自由戀愛，才不想訂那什麼婚契！

但是她也知道，爺爺對這方面固執得很。她就算去抗議，也只會惹得爺爺生氣，那還不如她自己私下想辦法。

所以她才會跑出來，卻在這碰到了與她有同樣際遇的山蕭。

小山太好了，陪她玩、陪她說話，還能理解她的想法！

而且她們倆的處境真的完全一模一樣，才小小年紀，就被人指定了結婚對象，甚至就連婚契的舉行都訂在同一天。

葉羊垂頭喪氣地盯著自己的腳，「我想跟小山繼續待在這裡一起玩，和小山在一起比較好玩……」

「我也想和小羊一起玩，誰都不能逼我去結婚。」山蕭倔強地瞪著木森，「我打聽過了，要跟我結婚的那個傢伙，是個軟趴趴又膽小的對象，遇到事情只會哭哭啼啼，一點也不像個男的，我才不想跟這樣的膽小鬼在一起！」

「爺爺替我找的對象也好可怕……」葉羊小臉發白，雙眼惶恐，「聽說他們那族的妖怪都長得虎背熊腰，比熊還大隻，又不好看。要和我結婚的那個，更是個醜八怪！」

「妳知道妳家小姐要嫁給哪一族嗎？」木森悄悄問海湖，「聽起來也太慘了……」

「不知道，你們那邊聽起來也不遑多讓。」海湖音量壓得極低，「我之前都在外面唸書，不常回族裡。而且老實說，當人類比較輕鬆啊……噢，我是說假裝當個人類。」

「了解，簡單來說就是，妳對妖怪界的事不太熟。」

「那你很熟嗎？快給點意見參考。」

「我呢……也不是很熟，最多春節、中秋、清明會記得回族裡一趟。」

海湖瞪著到頭來也派不上用場的木森。嫌光瞪不解氣，她恨恨地往他踢了一腳。搞半天，也是個和妖怪界不常聯繫的流浪人士嘛，害她白期待了。

看著眼裡又蓄起淚水、可憐兮兮的葉羊，海湖忍不住心疼，「小姐，妳想怎麼做？要不然去跟族長說，妳不想嫁？」

「不行，爺爺會更生氣的！」葉羊嚇得眼淚都掉下來。

「而且那些當族長的，哪可能爲了自己女兒或孫女，就放棄利益，他們更可能直接把人綁去給對方！」山蕭恨恨地說，「既然這樣，小羊妳千萬別傻傻地回去。」

「嗯，不回去！」葉羊淚汪汪地看著山蕭，「小山也不回去！」

兩個小女孩的手握在一起，堅定地對望。

「頭更痛了啊……」木森唉聲嘆氣，「也就是說，我家小主人和妳家小姐都想找別人代打對吧。然後她們看上今天來民宿的客人了，可是他們年紀都過大了吧，外表就絕對不會過關的，所以妳們還是放棄吧。」

「要是能把他們變小就好了……」海湖唸唸有辭地說，「變小就能抓其中兩個，一人負責代打一邊，多完美啊。」

兩個小管家憂愁地對視一眼，在彼此眼中瞧見相同的心思。

眞希望有小朋友從天而降啊！

第四章

一刻自然不會知道葉羊他們的想法，但此時此刻，一行人的眼前竟然有個蘿莉從天而降了。

嗯……說得太誇張了。

是沒有從天而降，但的確是出現在他們面前。

吃完中餐，一刻等人打算再回到那片銀白色的沙灘上走走，順便幫蔚可可尋找好看的貝殼，省得她一路上叨唸個沒完。

然而理想中的貝殼還沒找到，倒是先看到了蔚可可想傳貝殼照片的對象。

起初一刻還以爲是自己眼花了。

否則在這種寒流來襲的天氣之下，他怎麼會看見有個小孩子穿著一看就不保暖的華麗小洋裝，露出了細細的手臂和大腿，頭上還戴著一頂誇張的尖頂寬邊帽？

這難道不怕冷死嗎？他包成一顆球都還感覺冷了。

一刻揉揉眼睛，再定睛一看。這一看，更猛然意識到一件事實，那衣服除了尺寸比較小，整體看起來就是……

魔法少女夢夢露！

「我操！」一刻倒吸一口氣，連忙用手肘撞撞沒忙著找貝殼的蔚商白，「你快看一下，我沒產生幻覺吧？前面是不是有個小夢夢露站在那？」

「沒有小夢夢露。」蔚商白說，「是縮水版本的秋冬語。」

「小語？我聽見小語的名字了！」本來蹲在沙灘上努力挖貝殼的蔚可可簡直像裝了偵測雷達，秋冬語的名字一出現，她就霍地抬起頭。

這一抬，便望見了不遠處的嬌小人影，那身紫色的裙裝實在太顯眼。

蔚可可立即瞪圓了眼睛。她是絕對不會認錯的，那身形、那服裝……那分明是她最棒最麻吉的好朋友！

「小語！」她驚喜地尖叫一聲，抓在手上的貝殼也不管了，往旁一扔就飛快跳起，「小語妳怎麼會在這裡？」

蔚可可的動作很快，但秋冬語的動作比她更快。

在蔚可可喊出她名字的時候，她就像道紫色小閃電竄了出來，一晃眼便來到蔚可可面前。

一刻都還沒看清楚那道小閃電是怎麼做到的，再一眨眼就發現對方已牢牢地撲抱在蔚可可身上。

有如無尾熊抱樹那般。

「好……好嫉妒啊！」柯維安也不管貝殼了，他渴望的眼神直直地注視如今外表才七、八歲左右的秋冬語。

就算知道那是擬殼，並不是眞正的軀體也無所謂。總而言之，那都是活的蘿莉啊！活生生的！

蘿莉啊！

「媽的，你眞變態。」一刻果斷和柯維安拉開三大步，「你把眞心話喊出來了。」

「喊出來才能表達我的熱情。」柯維安義正詞嚴地說。

「錯，是更變態。」一刻殘忍地潑了冷水。

蔚可可才不理會那兩個陷入無聊爭執的男性，她眼睛閃閃發亮，雙手緊緊地托抱住黑髮小女孩，赫然發現落在臂彎上的重量格外地輕。

「小語，妳好輕啊。」蔚可可驚訝地把人往上托了托，忍不住又笑了起來，「像羽毛。」

「比羽毛，再重很多……」秋冬語白瓷般的臉蛋沒有表情，可黑亮的眼瞳裡是藏不住的喜悅。

「就算小語很重，我也願意抱的，被壓死也甘願的啊啊啊！」柯維安聲嘶力竭地彰顯自己的存在，「小語看我一眼！」

「幹，你吵死了。」一刻一掌摀住柯維安的嘴巴，「女孩子不能說重的。」

天啊，小白！你竟然也會懂得少女心？柯維安睜大的眼睛清楚地流露這個意思。

「莉奈姊很計較這個。」一刻沒好氣地收回手，「你不會想聽見她站在體重計上發出的聲音。」

「宮一刻，你太貼心了吧，我哥都該跟你學學才對。」蔚可可放下秋冬語，和她大手牽小手地站一起，對蔚商白投予撻伐的目光。

「妳就是重。」蔚商白不爲所動，「晚上十一、二點還在拚命吃宵夜。」

「啊！」蔚可可恨不得能摀住兄長的嘴巴，「這種老哥太過分了，幹嘛掀人家的底！我要把他送給別人！」

「我先把妳送出去吧。宮一刻，你家收嗎？」蔚商白問道。

「你是想吵死我嗎？」一刻想到家裡還有個嘰嘰喳喳的織女就頭痛，「我拒收，謝謝。」

「送我，我要。」秋冬語堅定地發表意見。

「小語……」蔚可可大受感動。

「這眞是太讓人感動的友情了。」柯維安抹抹根本沒有眼淚的眼角，「爲了慶祝這份美麗的友情，小語來讓我抱一下吧，我可以把妳舉高高喔！」

「不行，老大說了……不能靠小柯太近。」

「哎唷，反正老大又不在。」

「誰說本大爺不在了？」

一道聲音突然響起。

「咿呀啊啊啊啊！」柯維安反射性發出了猶如貓咪被踩到尾巴的尖叫，整個人也像炸毛般蹦跳得高高的，「出現了啊啊！老大啊啊啊……啊咧？」

柯維安仰高頭，慢一拍地發現到，眼前看見的尺寸好像不太對。

「爲爲爲爲……」他震驚得連話都說不完整。

「胡十炎……」一刻完全能理解柯維安的震驚，「爲什麼你變這麼大隻？」

「眞失禮啊。」高大的黑髮男人懶洋洋地說，一雙金黃色的眼瞳有如誘人耽溺的漩渦。他的相貌漂亮到能魅惑人心，卻又絲毫不讓人覺得陰柔，「宮一刻，這是對待上司該有的反應嗎？回去扣柯維安的獎金。」

「爲什麼是扣我的！」柯維安這次蹦跳得更高了。

「這個嘛，因爲你剛想吃本大爺女兒的豆腐。」以成年人姿態現身的胡十炎，似笑非笑地說。

「我才沒有要吃小語的豆腐，我是那種人嗎？我明明只是想給她愛的抱抱和舉高高！」柯維安極力挽回自己的清白，「老大你那是誣衊！」

「你還是閉嘴，別說話吧。」一刻忍耐地說，「還有你剛喊得像見鬼一樣。」

「老大比鬼還恐怖好嗎！」柯維安用氣聲說。

當然依舊逃不了胡十炎靈敏的聽力，不過他顯然沒打算揪著這點不放。

「你們是來這玩的？」胡十炎問著這票年輕人。

「老大、老大，我跟你說。」蔚可可興致高昂地說道：「是莉奈姊邀我和我哥來的，因為宮一刻會空虛寂寞冷！」

「冷你媽啦冷！」一刻的眼刀射過去。

「反正以物理學上來說，你的確是會冷啊，有冷氣團耶。」蔚可可一點也沒把那沒實際殺傷力的目光放在心上，「然後我們就撿到小安，然後……」

「就撿到……我了。」秋冬語細聲細氣地說道。

「對對對，我要把最可愛的小語帶回去。」蔚可可舉高和秋冬語交握的手。

「打岔一下……」柯維安虛弱地問道，「小語撿回去的話，小語的爸……」

「喔，你說我嗎？」胡十炎露出一抹狡獪如狐狸的笑容，「監護人要跟著不是天經地義的事嗎？」

幹喔，就知道會是這種發展……一刻撫著額，無力地嘆了一口氣。他這趟來，其實是收集同伴的嗎？

一、二、三、四、五，明明最初只有他一個人要住小木屋，現在卻多了五個人要一塊塞進來。

「換個方向想，起碼可可會去煩別人了。」蔚商白給出了安慰。

一刻很難說明自己究竟有沒有被安慰到。

「老大，你和小語怎麼會來這？」驚嚇過後，柯維安心中不免浮上了好奇。

「當然是帶女兒出來玩，小語說想看海。你們來這玩幾天，住哪？」強迫性地成為了人家的室友後，胡十炎才想到要問這些事。

「住一天而已，明天回去。」蔚可可說，「我們住枯島民宿的小木屋，那裡有一間很大的大通鋪，你們男生通通塞得下。還有一間樓中樓的雙人房，我和小語一起睡。」

「嗯，一起睡。」秋冬語抿出淺淺的笑弧。

「枯島民宿啊……」胡十炎慢吞吞地重複著這幾個字。

不知道為什麼，明明是簡單的幾個音節，一刻卻聽出一種意味深長的味道。

不管怎樣，因為小木屋的入住人數再次增加，一刻還是乖乖地向民宿的小管家報備了一聲。

接電話的人是海湖。

「妳好，我是住在二號小木屋的客人。那個……」想到自己將提出的要求，一刻都感到有些尷尬，「可以再跟你們拿兩份備品嗎？我們這人數增加，再加兩人的話需要再補多少錢？」

「同學，你們那邊聽起來變得很熱鬧啊。」海湖打趣地在電話裡說：「不用加錢，眞的眞的，反正小木屋本來就是用來給多人住的。」

「小語，到時候我們一起泡澡。」蔚可可對秋冬語說道：「我看過了，浴缸塞得下我們兩個人喔。」

「好，幫可可刷背……」秋冬語的回應輕飄飄地傳出，正巧傳進了一刻的手機內。

人待在枯島民宿主樓的海湖一愣。

剛剛那是……小孩子的說話聲嗎？應該沒有聽錯吧？

「喂喂？」手機另一端突然沒了聲音，讓一刻不禁困惑起來。

「抱歉、抱歉。」海湖趕緊拉回注意力，以閒聊的語氣說道，「我好像聽見小孩子的聲音，是小羊還是小山在那邊嗎？」

「喔，不是。」一刻不疑有他，「是我朋友的……女兒，他們父女倆也來這玩。」

海湖差點要大叫一聲萬歲，好在她及時忍住。她強掩著亢奮的心情，又不著邊際地聊了幾句，便掛斷電話。

她一回頭，看著還在大廳裡的木森、葉羊和山蕭，臉上的激動再也隱藏不住，「有了！有了！」

「什麼有了？幾個月了？」木森的桃花眼一眨，望著人的時候都像在放電。

「你才幾個月了。」海湖對木森的魅力免疫，白了他一眼，旋即興沖沖地跑到葉羊面前，「小姐，有一個很適合的替身了！」

「什麼？真的嗎？」葉羊雙眼發亮。

不只葉羊，就連木森和山蕭都精神振奮起來。

不待他們追問，海湖就滔滔不絕地說了起來，「二號小木屋的客人，就是小姐妳們今天盯上的那群人，他們又增加人數了，有一對父女檔加入。女兒的聲音聽起來很小，我猜是小學生。」

葉羊摸摸臉又站起來比劃一下自己的身高，自己現在這模樣，看起來也和小學生差不多。只要把那個人類小女孩弄暈了，再把對方的臉遮起來，她的婚約對象肯定分不出眞假的吧。

想到自己可以不用嫁了，葉羊心裡雀躍。可等她再轉看山蕭，那份快樂的心情驀地像被潑了冷水。

只有一個人，那山蕭怎麼辦？

想到山蕭要被迫跟不喜歡的妖怪在一起，葉羊就不由自主地眼眶泛紅。

「那小山呢？沒有第二個人可以當替身嗎？」

「小羊優先，妳比較重要。」山蕭毫不猶豫地說。

「海湖，眞的沒第二個人了嗎？」葉羊猶不死心，淚汪汪地瞅著海湖。

「這個……」海湖也很爲難。誰讓枯島民宿的主要客戶是妖怪，今天能迎來人類上門，都只能說是極偶然的機率了，「我沒聽說他們那裡有第二個小孩子。」

「一個就一個，我們要先確認對方到底適不適合當替身。」山蕭做出決定，「小羊，晚點我們就到二號小木屋那邊觀察觀察，沒問題的話，今晚就動手。」

「我和海湖會負責跟在旁邊支援的。」木森說。他不是擔心她們的行動會被發現，畢竟那只是一群手無縛雞之力的人類，他擔心憑山蕭和葉羊的小個子，會搬不動她們的目標。

「沒問題，小姐妳別擔心。要是再不行……」海湖摸摸她的小馬尾，給出了另一個主意，「二號小木屋有個比較矮的男孩子跟女孩子嘛，我們把最矮的其中一個也綁走，再假裝這是山蕭穿了增高的鞋子。」

「這點子聽起來有點爛。」木森露出一言難盡的表情。

「囉嗦，所以才說眞的不行再用啊。」海湖一拳敲上木森肩膀，「別出包啊你。」

「才不會，當我是誰？」木森微微一笑，和海湖交換一眼。

只要確定好，就行動。

無論是葉羊還是山蕭，她們舉行婚契的時間就在今晚半夜，月亮升到天空最頂端的時候。

「小白，小管家那邊怎麼說？」柯維安見一刻收起手機，迫不及待地問道，「是不是說……」

人多一點熱鬧？

「最多只能再加一名兒童，另一個大人禁止入住？」

「柯維安。」一刻鄭重地拍了拍柯維安的肩膀，「你的內心話和對話框顛倒了。」

「咦？」柯維安一呆。

「意思就是，你把心裡想的，和嘴上要說的，弄混了。」一刻同情地看向當著當事人說壞話的前室友。

感覺下一秒，就會變成前同事了。

胡十炎會就地把人給咔嚓掉。

柯維安僵著身子，藏不住驚恐的眼神，看胡十炎就像在看一個恐怖大魔王。

出人意料的是，胡十炎只不在意地拂拂他的髮尾，沒直接放出一朵金燦燦的狐火。

「柯維安說的也沒錯。」胡十炎說，在眾人不敢置信地瞪向他之際，又慢悠悠地補充完了後半段，「禁止他入住，把他踢出去，小木屋不就塞得下了嗎？反正是少一個大人嘛。」

「別啊，我只是一個弱小無助又可憐的孩子！」柯維安差點淚灑當場，「老大，你大人有大量，別這麼殘忍對我嘛！」

「不能踢小安出去啦，老大。」蔚可可也幫忙求情，「晚上還要玩枕頭大戰跟說鬼故事，人多才好玩啊。」

蔚可可都這麼說了，秋冬語毫無異議是站在她那一方。

「老大，拜託？」秋冬語仰高頭，瞬也不瞬地盯著胡十炎。

胡十炎自然順從女兒的要求。

逃過一劫的柯維安拍拍胸口，發誓再也不要將內心話跟對話框搞錯了。這一不小心，就是被狐火追著一路燒的命運啊。

「但是……」胡十炎話鋒倏然一轉，也把柯維安的一顆心重新提吊起來，「死罪可免，活罪難逃。柯維安，你就負責跑回民宿去跟他們拿備品吧。」

柯維安看看已經離他們不遠的二號小木屋，再回頭看看那個將近兩公里遠的民宿主樓。討厭體力活的他很想說不，可爲了小命著想，只好含淚說好。

「在這之前我有一個卑微的要求。」柯維安說，「能不能等我回來，再安排床位順序啊？拜託了！」

一刻用腳趾頭就能猜出來，這傢伙肯定是不想跟胡十炎睡隔壁。

「我們會先繼續在外面逛，總行了吧。」一刻說，「胡十炎，你們有什麼行李要拿去放嗎？不對，我根本沒看到你們的行李。」

「對偉大的六尾妖狐來說，把行李藏起來，不用一直提著走，都只是小事。」胡十炎搖搖頭，「太少見多怪了，小朋友。」

「廢話，我又不是活了六百年的傢伙，能見多識廣到哪裡去？」一刻哼了一聲，朝柯維安揮揮手，要他安心地去，不會趁機就把他的床位安排在胡十炎旁邊的。

柯維安如釋重負，一溜煙就往民宿主樓方向跑了。

「小語、小語，妳有聽過銀牙灣的傳說嗎？」蔚可可牽著秋冬語的手晃呀晃，「我出發之前有做功課喔。」

「她的做功課，就是叫我幫她google。」蔚商白對一刻說，毫不客氣地拆了自己妹妹的台。

蔚可可裝作沒聽見，笑咪咪地望著秋冬語。

秋冬語很捧場地搖頭說沒有。

蔚可可馬上興致勃勃地講起了故事，「從前從前，反正就是很久以前的時候……」女孩子清脆歡快的聲音隨著海風飄散，一刻、蔚商白和胡十炎則自動放慢腳步，落後前方一小段距離，不打擾兩個女孩的相處。

蔚可可把銀牙灣的傳說描述得生動不已，讓秋冬語的一雙黑眼睛更亮了。

「小可說故事，好聽。」

「嘿嘿，我好高興……最高潮也最淒美的部分要來了喔！那對小情侶的犧牲感動了天上的神明，神明將他們的身軀化成無數銀白色的沙粒，也就是如今銀牙灣這片美麗的沙灘。」

「嗯，就是骨灰的概念。」聽到這裡，一刻忍不住插嘴一句。

全場沉默一瞬。

蔚可可用力轉過頭，緊緊瞪著一刻，下一秒發出高分貝的哀號，「宮一刻，浪漫都被你破壞光了啦！爲什麼你要說出這種超沒氣氛的話？你這樣害我講不下去，而且這樣走在沙灘上，我會覺得很尷尬耶！」

「哪裡尷尬了？」一刻全然不能理解蔚可可的想法。

「我都不知道該不該踩在上面！」

「妳現在不就正踩著嗎？還來回踩了好幾輪了。」

「纖細的少女心，你不懂啦！」

「我也不懂。」蔚商白出聲，「纖細的少女心，妳哪時候對自己產生這種幻覺了？」

蔚可可這下顧不得討伐一刻了，她美眸怒瞪向蔚商白，露出一副像要被自己哥哥氣死、偏偏還不敢眞的對他發飆的表情。

最後蔚可可憋到快內傷了，只敢悻悻地哼了好大一聲。

「小語，我們不管後面這幾個連浪漫細胞都沒有的男人了，眞是討厭鬼！」

「今天，陪妳一起討厭他們……但對老大的程度，要比較少一點。」

「看到沒？小語對本大爺特別好。」胡十炎的語氣充滿炫耀。

「那又怎樣？還不是一樣被討厭了。」一刻鄙夷地看了那個笨蛋爸爸一眼。

胡十炎大度地不計較，「說到浪漫，銀牙灣傳說還有一個比較少人知道的後續。在故事裡，山之民和海之民和解了，爲了長久地維持兩族的友好，他們決定用聯姻促進彼此的關係，讓雙方的下一任繼承人訂下娃娃親，然後在月亮升得最高的一個晚上，在約定之岩上舉行婚契。」

「婚契是什麼？」

「以人類的眼光來看，就是先讓他們成爲未婚夫妻吧。在踏進婚姻的墳墓之前，先挖好坑，看適不適合躺下去。」

「這解釋聽起來超爛的。」

「剛把沙子說成骨灰的傢伙有資格說本大爺嗎？」

「老大、老大，所以山之民和海之民眞的再也不用像羅密歐與茱麗葉一樣了？」

「這個嘛，傳說故事嘛……誰知道呢？」胡十炎漫不經心地說著，「不過故事裡的約定之岩，倒是存在的。」

「眞的嗎？眞的嗎？在哪裡？我想看！」蔚可可被勾起強烈的好奇心。

胡十炎抬起手，指向銀牙灣的底端，「距離不遠，繞過那個海岬，就會看見海面上有一處礁岩，想看的話就直接過去看吧。」

第五章

胡十炎說的不遠，確實是不遠。

一刻都沒想到原來在他們小木屋那麼近的地方，還有一處漂亮的景色。

繞過突出的海岬之後，站在銀白色沙灘上就能瞧見一座巨大礁岩矗立在海面上，離沙灘將近一百公尺。

即將西沉的夕照輝映在海面和礁岩上，爲它們染上一層瑰麗的橙紅色。

從一刻等人的角度，能輕易將約定之岩看得一清二楚。

它看起來是由岩石和珊瑚礁組成，高度不算高，壁面凹凸不平，可頂端又顯得平坦，像一處寬廣的平台，上頭還立著數座石柱。

「一、二、三、四、五、六……有六個。」蔚可可認眞觀察，「那些石頭看起來好像石燈籠喔，是人工的嗎？還是天然的啊？」

「妳猜？」胡十炎雙手背後，夕陽將他的側臉線條勾勒得越發俊美，甚至透露出一股妖治。

可惜六尾妖狐的魅力沒人看在眼裡。

幾個年輕人全都把注意力放在那座傳說中的約定之岩上。

「感覺好難猜啊……」蔚可可努力打量對面，「就算是人工好了，爲什麼會想要在那裡放上六座石燈籠啊？晚上點燈用嗎？」

「點燈是要幹嘛？當燈塔嗎？」一刻吐槽。

「哎呀，就是不知道才猜的嘛。不然宮一刻你說。」

「妳幹嘛不問妳哥？」

「不要，感覺又要先被他冷嘲熱諷一頓，他超擅長做這種事的耶！」

「不是妳的緣故，才讓我擅長的嗎？」

「啊！」蔚可可痛苦哀號，「你們看，我就說嘛，他又來了！我眞的是太太太可憐的美少女了！」

「可可……太可憐。」秋冬語心疼地安慰。

一刻和蔚商白不約而同地堵住耳朵，他們只看見一個很吵的少女而已。

「可惜太晚來了。」胡十炎沒介入小朋友的紛爭，他往前走幾步，看著橫在約定之岩和沙灘間的湛藍海水，「已經漲潮了。」

「漲潮怎麼了嗎？」一刻納悶地問。

蔚商白很快領會過來胡十炎的言下之意，「現在應該還沒到滿潮吧。海水看起來還沒到最高，如果是退潮，似乎能走過去約定之岩那邊。」

「很不錯的觀察力啊，小朋友。」胡十炎笑道，也沒特意賣關子，否則秋冬語很可能就會拿出雨傘，往他的小腿肚戳了，「退潮的時候，會露出一些沙地，正好可以一路走到約定之岩。」

「也就是說，可以到那上面玩了？」蔚可可驚喜地問。

「假如沒碰上什麼意外的話，明天中午差不多就開始退潮了。」胡十炎說道。

一刻不確定是不是自己的錯覺，胡十炎似乎在「意外」兩字上，格外加重了語氣。

不，拜託務必是他的錯覺，他才不想在假日還跟意外打交道！

彷彿聽見了他內心的聲音，胡十炎驀地往他看過來，勾魂攝魄的金黃眼珠直盯著他，嘴角還朝他勾起了明顯的弧度。

一刻打了個寒顫，果斷移動腳步，站到蔚商白身前去，高個子就是要在這個時候派上用場。

蔚商白沒有多想，只當對方是想將那座約定之岩看得更清楚。

「哥、哥，那我們明天中午可以再來這裡嗎？」蔚可可滿懷期待地問，「我想和小語到上面看看，然後你幫我們拍照。」

「明天的事，明天再說。」蔚商白很有原則，「所以妳今天的單字，晚上記得現場默寫出來給我看。」

蔚可可不想再跟自己哥哥說話了，否則她下一秒就要「哇」的一聲哭出來。

這什麼魔鬼老哥啦，她想退貨、退貨！

隨著橘橙的夕陽越往海裡沉，海水的高度也明顯逐漸升高，用不了多久，就是滿潮了。

海風也跟著變得更強，一刻把外套兜帽拉上，「走吧，該回……」

乍然響起的手機鈴聲打斷了他的話，他接起來後，手機裡馬上傳出柯維安呼天搶地的喊聲。

「小白！你們跑到哪裡了？爲什麼小木屋這邊一個人都沒有啊！你們是不是把我拋下了……嗚嗚嗚，我要哭給你看了……」

「你現在就在哭了。」要不是柯維安看不到，一刻眞想扔出一枚大白眼。

「不，你不懂，親愛的。我現在是示範給你看，讓你先做心理準備。」柯維安在手機裡嚴肅地說，「要是你們再不回來，等等我就現場展現出一場暴風式哭泣給你……」

一刻二話不說地強制結束通話。不管是暴風式還是龍捲風式，他都沒興趣。

「走了走了，再不回去，柯維安那小子說要哭給我們看。」一刻吆喝著眾人返回。

「明天中午要再來喔。」深怕大夥不記得，蔚可可臨走前再次叮嚀，「不然就換我要哭了。」

「待會我拿線上試題給妳做一遍，妳可以那時候先預演。」蔚商白不疾不緩地說。

蔚可可簡直想指著自己兄長的鼻子，大罵他不是人，然而她不敢。

她垮著肩膀，活力像被抽走一半，有氣無力地跟著大部隊走回二號小木屋。

站在門廊下的柯維安一眼就看到一刻他們。

「小白小白小白——」他抱著從民宿主樓拿到的備品跑出來，「你們到底是跑哪裡去了啊？下次別一聲不吭地丟下我一個人啊，最起碼鑰匙先給我留一把啊！」

大冬天的，站在小木屋外面卻又進不去，實在太讓人心酸了。

「啊靠！」一刻一拍額頭，真的忘記這回事，「我忘了鑰匙都在我們身上，你有等很久嗎？」

「有，等到天荒地老、海枯石爛了。」柯維安信誓旦旦地說。

一刻會信他才有鬼。

「海還沒枯啊，柯維安，要不要再去外面等看看？」胡十炎不懷好意地說，標準的看熱鬧不嫌事大。

「喂，你們還不進來？」打開門走進屋內的一刻回頭喊一聲。

柯維安立即如脫兔般竄進了小木屋裡，再用最快速度在一樓的大房間先佔據了自己今晚的床位。

「我要睡這裡，誰都不能跟我搶，我只接受小白睡我旁邊！」柯維安選的位置是靠牆，這樣他身邊就會只有一個鄰居而已。

一刻無所謂，他只要有地方睡就可以。

「其實你們男生也可以不用堅持排排睡啊。」蔚可可和秋冬語放好東西後，一塊湊過來看熱鬧，「反正房間那麼大，可以有人睡橫的，有人睡直的，有人睡斜的。」

「幹，妳當我們俄羅斯方塊嗎？」一刻毫不客氣地鄙視這個餿主意。

「明明就很不錯啊……」蔚可可嘟囔著，「小語妳說對吧？」

「是他們，沒眼光……」秋冬語無條件地站在蔚可可這一方。

柯維安忍不住跟一刻嘀咕，「小白啊，我現在終於知道了，對小語來說，有種好，叫小可說的都好……你哪一天也能這樣對我嗎？」

「你自己作夢比較快。」一刻無情地拍開那張靠太近的臉。

在場男性沒人想要參考蔚可可的意見，他們還是依照排排睡的方式。柯維安睡最內側，然後是一刻、蔚商白，離門口最近的則是胡十炎。

「別一群人都擠在房間裡，去外面客廳。」一刻揮手趕人。

「這裡也很大啊。」蔚可可說。

「可是這樣男生就不能亂丟內褲了。」柯維安一本正經地說。

「丟你老木，那是你自己才會做的事，少牽拖到我們這邊。」一刻代表另外兩位男性同胞發聲，順便不齒柯維安的行爲。

不管怎樣，蔚可可和秋冬語對男生亂丟內褲確實也沒丁點興趣，隨著她們退出房間，一刻幾人也跟著來到客廳。

客廳內的深色沙發擺成ㄇ字形，將長桌圍在中間，旁邊是小冰箱和一座木紋收納櫃，泡茶器具和一些小物都收放在櫃子裡。

由於外邊天色漸暗，天然光線不再，一刻將玻璃窗前的窗簾放下，如果有人碰巧從外經過，也不會被窺看到屋內的景象。

「要喝茶嗎？」蔚商白在櫃子前翻找，發現民宿有提供一小瓶茶葉，「是綠茶。」

「我！我來泡！」蔚可可自告奮勇。

「不用，我來。」蔚商白一口否決，「妳那不叫泡茶，是叫把茶葉塞滿。」

「讓妳哥來。」一刻想喝的是正常綠茶，而不是又苦又濃還喝不出是什麼的詭異液體。

「小氣……」蔚可可噘著嘴，不情不願地坐回秋冬語身邊。

熱呼呼的綠茶沒一會就陸續上桌，淡淡的茶香瀰漫在小木屋內，溫暖的燈光灑落在各處。

胡十炎優雅地喝了一口，對秋冬語說道：「小語，我放在妳那邊的東西，能幫我拿下來嗎？既然大家都在，可以來試試看效果。」

「等等，效果？什麼東西的效果？」一刻本能地感受到危險，要不是沒地方可去，他下意識就想逃離胡十炎。

男人的第六感告訴他，絕對不會有好事的。

事實證明，真的沒好事。

一群人圍在長桌前，以審視戒備的眼神看著似乎沒有安全疑慮的小東西。有手環、一小瓶水，還有幾個讓人想到樂高的小玩具。

「這些，是什麼？」一刻慎重地問，他才不會被它們看似無害的外表騙過去。假如只是普通的小東西，胡十炎哪可能把它們拿出來。

「來自開發部的愛心。」胡十炎將小物擺弄整齊。

在他輕描淡寫地說出「開發部」三個字的同時，其他人宛如被燙到般飛快往後退，彷彿只要慢上一秒，桌上的東西就會爆炸。

不能怪一刻他們有如此激烈的反應，實在是只要和開發部扯上關係的東西，都充滿著未知的危險。

「嘖嘖嘖，太大驚小怪。」胡十炎搖搖頭，「年輕人不就該不怕死嗎？」

「老大，你這樣說只會讓人覺得更恐怖啊！」柯維安哇哇叫，手裡抓著一個抱枕充當防禦用的盾牌，「你到底是帶了什麼過來這啦！」

「剛不是說了，是開發部的……」

「別再跟老子說愛了。」一刻嚴守著與長桌的距離，「你說是來自開發部的恐嚇我還比較信。」

「喔，那就是開發部的恐嚇吧。」

「老大，拜託你正經一點，然後認認真真地告訴我們，這些會不會一靠近就爆炸，或產生比爆炸更可怕的效果？」

「智商還在嗎？要是照你那麼一說，我和小語不就先中獎了？」

「沒中獎……真的。」

「全部給本大爺坐回來。」胡十炎沒耐性和一票小年輕耗下去，他身後黑影瞬閃，下一剎那，所有人都被形如尾巴的長條黑影給捲回沙發上。

完成任務的黑影沒有即刻收回，而是映在牆壁上，有如恫嚇般張牙舞爪，替這間小木屋增添了幾分恐怖片的氣氛。

「碰了不會爆炸，靠近一點也不會爆炸。」胡十炎沒好氣地說，「蔚商白，我還以為你是全部人中最有骨氣的。」

「生命和維持原性別都很可貴。」被點名的蔚商白冷靜沉著地回應，「宮一刻已經為我們示範過太多次教訓了。」

「幹恁娘！為啥要扯到我身上？」一刻朝蔚商白豎起了中指。

「我有說錯嗎？」蔚商白不為所動地反問。

一刻很想大聲說有，可惜事實的確是沒有。他抹了一把臉，單方面決定和蔚商白斬斷友情三分鐘。

「老大、老大，那這個是什麼啊？」既然胡十炎和秋冬語都掛保證了，蔚可可也放下全部戒備，好奇地東摸摸西摸摸。

「那個啊……」胡十炎掃了一眼她拿起的手環，「限制力量用的，可以限制妖力，讓妖怪短暫地……變得和人類差不多。」

「也就是說老大戴上的話，就手無縛雞之力，隨便我們這樣那樣都行了？」柯維安雙眼散發光芒。

胡十炎嗤笑一聲，嘲笑他的天真，「大爺我就算戴了限制手環，再綁住一隻手，也能把你們打得哇哇叫。手環封的是妖力，又不是我的體力、速度，以及戰略能力。」

「開發部太不負責了，要封就應該全部都封！」柯維安痛心疾首地說，「我們要一人一信抗議，塞爆開發部的信箱！」

「你自己去吧，然後紅綃就來找你一對一面談了。」一刻大潑冷水。

想到那堪稱惡夢般的場面，柯維安果斷打消這個念頭，「那這些很像……呃，樂高之類的又是什麼？」

「可以讓人玩打鬼遊戲的道具。」胡十炎說。

眾人毫不掩飾臉上的困惑。

胡十炎簡單說明，「把這個跟那個，還有這個，通通組合起來，就能開啓一個小空間。外面的人看不見，而進入裡面的人還可以自由設定場景。」

「所以說，這要做什麼？」一刻不解。

「玩～遊～戲～啊。」胡十炎慵懶地拉長語句，「例如把公會的一群小菜鳥丟進去，讓他們互毆一頓後，剩下來的唯一贏家才能出來。」

「你這叫煉蠱吧。」一刻忍不住吐槽，「說正經點的行嗎？」

「明明就很正經。」眼看秋冬語為了蔚可可正用指責的目光直直地盯著自己，胡十炎放棄再吊小孩子們的胃口，三言兩語地解釋清楚，「概念跟我剛剛說的也沒差到哪邊去，這是開發部新研發出來的試驗品，訓練人用的，只不過還沒想好要從哪方面著手，所以目前只設定一個場景。總之就是個讓人可以不受外界打擾、隨便大聲喧譁，玩遊戲的地方。」

「可以在那裡瘋狂玩枕頭大戰？」

「蔚可可，妳到底是對這有多堅持？」

「只喜歡看可愛寵物節目的你不懂啦。」

「可惜，現在設定的場景，似乎不太適合玩枕頭大戰。」胡十炎惋惜地為蔚可可的夢想潑了一小盆冷水，「玩打鬼遊戲倒是適合。沒錯，就來玩打鬼遊戲吧，不接受任何反駁。」

「暴君，老大是暴君！我們要起義抗爭！」柯維安試圖口頭上推翻暴政。

「本大爺是啊，你能拿我怎樣？」胡十炎的指尖上跳躍出一簇金黃火焰，火焰在飄晃之間變了形狀，有如一個凶巴巴的Q版幽靈，對著柯維安示威恐嚇。

蔚商白捧著茶杯，喝了一口，「我只想問一件事，打鬼遊戲是什麼？」

一刻、柯維安和蔚可可頓地反應過來。對啊，一開始說的打鬼遊戲到底是什麼？

「就是到小空間裡打鬼、得分，然後看誰分數最高。」胡十炎說，「有趣吧，反正大爺我覺得很有趣。晚上吃飽飯後就來玩吧，順便讓我體驗一下當個普通人的感受。」

「老大，你怎麼當普通人？等等，難道你要……」

所有人的目光瞬間落在了那個外表普通的手環上，接著瞧見一隻如玉般的手將那手環拿起，扣到了自己的另一邊手腕上。

「喀」的一聲，牆面上數抹長條黑影、原本在空中對柯維安示威的幽靈型金色火焰，通通剎那間消失得一乾二淨。

甚至就連胡十炎的金黃瞳孔也成了黑色。

乍看之下，他就和普通人無異，唯一惹眼的只有他過於惑人的容貌。

一刻等人呆呆地看了胡十炎好一會，就好像突然瞧見一場奇妙魔術在眼前展開。

半晌，柯維安率先反應過來，「老大，你你你……」

「大爺我怎樣了？」

「你眞的變普通人了!?」

「一隻手還是可以打得你爬不起來的普通人。我也可以不當普通人……」胡十炎慢條斯理地將手環拿下來，「你想試試嗎？」

「呃，那個、這個……」柯維安識時務地摸摸鼻子，又坐了回去，壓下一顆蠢蠢欲動想造反的心，「我不想。」

「晚點你不想也只能想了，本大爺力量都封了，那麼遊戲自然也得舉行。」

「靠夭，話都你在說。」

「對，我說了算。不玩的話，我就把手環拿下來，先把你們打一頓，再通通丟到小空間裡，強制你們玩。你們喜歡哪一個？」

面對六尾妖狐赤裸裸的威脅，就算聯手也很難打贏人的神使們只好敢怒不敢言，屈服於對方的暴政之下。

「很好，那就這麼說定了，眞是一群乖孩子。」胡十炎愉快地說，「這些東西我先收起來了，等要派上用場的時候再……」

「等一下，老大，還有這個！」柯維安眼疾手快地拿起尚未被介紹到的小瓶子，「這又是什麼？水嗎？」

「不是。」秋冬語回話，她歪著頭，回想著從開發部那邊聽到的部分資訊，「好像是可以，變男生變女生……還能變大變小……」

客廳裡霎時一片沉默。

一刻懷疑自己是不是聽錯了，「再說一次？」

「本大爺來說吧。」胡十炎敲敲桌面，要大家把注意力放他身上，「這是一款隨機藥水，無色無味，嚐起來和普通的水差不多。只要喝下去，隨機出現的效果包括轉換性別、改變年齡，當然也有可能是一起來。如果碰上後者，就可以去買張樂透了。但機率眞的很低，這部分我們先跳過。關於藥水的功效，我們就拿宮一刻做例子討論好了。」

「他媽的爲什麼是我！」

「大爺我高興。假如他喝到了，那麼主要會出現兩種可能，一個是他變女的，一個是他變小孩子。」

「變小孩子！」柯維安差點坐不住，恨不得馬上把藥水搶過來，然後通通加進大家的飲料裡。

「變女的！」蔚可可反射性看向一刻。

「看屁啊！」一刻火大地說，「誰敢讓老子喝下去，我就讓他明年的現在過清明節！」

「別啊，小白！你不覺得老大帶來的這藥水眞是跨時代的美妙發明嗎？雖然它外表不起眼，和迷你瓶的礦泉水差不多，可是它有百分之五十的機會讓人變小天使耶！」

「老子可以現在讓你當天使！」

「我覺得小安說的也對啊。哥、哥，你怎麼看？」

「別扯到我身上，隨便怎麼看都行。」

「眞冷淡耶，不過我也想看宮一刻變小，變女生已經看很多次了……啊，晚上去外面玩打鬼遊戲的時候，輸的就喝下這藥水怎樣？」

「喝你媽啦喝！我絕對不要!!」

眾人鬧成一團之際，誰也沒注意到胡十炎的目光忽地掃向窗外，明明隔著了一層窗簾，他卻像看到什麼有趣事物般勾起了嘴角。

「小語，去把那邊的窗簾拉開，該欣賞一下外面的夜景了。」

「了解……」秋冬語來到窗戶前，「唰」地一下拉開了窗簾。

外頭除了樹影和遠方幾乎融入夜色的海景之外，什麼也沒有。

隨著小木屋的窗簾被一把拉開，一名長直髮的小女孩出現在窗前，原本躲在屋外窗戶底下的兩個人更是緊張地縮起身影，深怕被裡頭的人察覺到。

葉羊和山蕭以手摀著嘴巴，就算知道屋裡都是人類，不可能就這樣發現她們躲在外邊偷聽，一時間還是不敢發聲。

緊接著屋裡又傳來一聲，「小語、小語，要猜拳決定誰去外面買晚餐了，我們別讓男生贏！」

山蕭朝葉羊使了一記眼色，兩人伏著身體，躡手躡腳地離開小木屋。直到確定遠離小木屋後，才終於鬆懈下來，也不再壓抑著說話聲。

「嚇我一跳，還以爲會被發現……」葉羊拍拍胸口，「幸好沒有呢。」

「畢竟只是一群人類。」山蕭說，忽視自己在窗簾被拉開時竄上的緊張感，「他們不可能知道我們在外面的。」

「嗯嗯！」葉羊用力點頭，和山蕭手拉著手，「小山，妳剛剛聽到了吧。」

「妳也聽到了吧。」山蕭回望著葉羊。

她們倆是爲了觀察海湖口中的小女生而來的，卻正好聽見最關鍵的字眼。

變小孩子。

變女的。

她們想都沒想到，這趟過來會收到如此意外之喜。

「太讓人驚訝了。」山蕭低聲道，「我本來以爲人類很沒用，但在科技上，看樣子還是比我們妖怪領先一點。」

「能夠變成女生和變成小孩子的藥水，這不就是我們這時候最需要的嗎？」葉羊的眼睛閃閃發光。

「只要有了那個，然後讓那些人類喝下去，我們都有替身可以帶走了。」山蕭用力地點頭，「只是……」

「只是什麼？」葉羊好奇地望著忽然面露一絲猶疑之色的山蕭。

「我還是有點擔心，會不會他們誇大了效果……萬一藥水沒用呢？」

「我覺得一定會有用的，小山妳剛剛不是都說了嗎，人類在科技上還是比我們領先一點。他們人類的男生現在都能生孩子了呢，所以變成女孩子和變成小孩子，對他們來說一定不算什麼難題的。」

「他們的男性也能生孩子？」山蕭還是頭一回知道，不由得震驚地瞪圓了眼。

「妳現在才知道啊，他們書上都有寫呢。」葉羊老氣橫秋地說，「我之前才看過一本……叫什麼，《ABO之可憐嬌夫帶球跑》。書裡提到，人類其實有六種性別呢！」

「六、六種!?」

「首先是男生和女生，然後他們還能夠再分出ALPHA、BETA和OMEGA。O的男生和女生都能懷孕生小孩喔，很厲害吧！」

山蕭一愣一愣地看著說得頭頭是道的葉羊。

「大家不都這麼說嗎，『小說源自於現實』，還有『現實永遠都比小說更離奇』。所以呀，人類能做出變女變小的藥水，一點也不奇怪呢！」葉羊鏗鏘有力地下了結論。

山蕭完全被說服了，「那我們就去拿到那個藥水，再把它加進那些人會喝的茶水裡面。」

「現在就行動嗎？把他們全弄暈？」

「不，還是等他們出去時，我們再行動。他們不是有說晚上會去外面玩嗎？我們到時就可以潛進他們的小木屋裡面。」

「小山眞聰明！」

「我留個東西負責監視這邊情況。」山蕭張開手，一小團朦朧光輝冒出，形成小羊的形狀。

「好可愛！」葉羊滿心讚歎地看著這隻發光小羊飄起，落到了小木屋的屋頂上，很好地藏匿起身形。

如此一來，只要二號小木屋有人進出，都能第一時間將訊息傳遞到山蕭手裡。

第六章

晚餐過後，一刻他們就被迫離開光明又溫暖的小木屋，來到了海風呼呼吹的沙灘，甚至連剛泡好的茶都來不及喝上一口。

黑漆漆的夜幕將海水與陸地的分界都吞噬掉，遠遠望過去，只能瞧見闃黑的一片，彷彿那方盤踞著的是伸手不見五指的深淵。

氣溫降得比中午更低了，沒有被衣物遮覆住的皮膚都能感受到刺骨的寒意。

「啊，好冷、好冷……」就算穿了厚厚的外套，蔚可可還是忍不住縮著身體，雙手插在口袋裡，說什麼都不想拿出來，「老大，我們要開始了嗎？」

「老子想回去。」一刻一臉厭世。

「沒有回去這個選項。」胡十炎從口袋裡拿出組合好的樂高，或者說打鬼遊戲用的道具，往空中隨意一丟。

本該落地的小玩具卻沒有遵循地心引力法則，反而輕飄飄地停在半空。

下一剎那，樂高發出銀色亮光，轉眼把所有人全部包圍住。亮銀色的光流在周遭規律地湧動著，讓人看不清楚銀光後的景象。

等到光芒漸漸褪去，原先被遮掩的光景也慢慢映入一刻等人眼中。

他們赫然已經不在銀白色沙灘上了。

「我們這是……進來小空間裡面了嗎？」蔚可可吞嚥一下口水，不由自主地緊握著秋冬語的手。

「天空……咿！爲什麼是血紅色？這也太恐怖片了吧！」柯維安首先注意到的是他們站在一片暗紅天幕底下。

「你應該說，這地方的東西看起來全都很恐怖片。」一刻喃喃地說。

「就氣氛上而言，確實適合玩打鬼遊戲。」蔚商白就事論事地說。

眼下一刻幾人所待的這個場地，天空像潑了一層層濃濃血色，似乎隨時會滴下實質液體；地面則雜草叢生，四周還林立著枝幹畸形的碩大樹木，根部布滿凹凸不平的樹瘤；無數黑影攀繞在分岔的樹枝上，有的還從樹上垂落，在風中一晃一晃的，就好像有誰垂吊在那裡。

「如何？這個場景設定得還不錯吧。」胡十炎爲自己套上了限制力量的手環，金黃眼珠霎時被黝黑侵染。

「我看不出這裡有哪裡能和『不錯』畫上等號，既然能設定場景，幹嘛不設定出一堆毛茸茸的可愛小動物？」

「最好是一堆綳帶小熊嗎？」

「你怎麼知……幹！別趁機挖我的眞心話！」

「不不不，小白。」柯維安難得跳出來爲胡十炎辯白，「這不用老大特地挖，我們所有人都能猜得出你在想什麼。」

其餘人不約而同地點點頭，表示柯維安說的一點也沒錯。

一刻臭著臉，堅決不肯承認是他的心思太好猜。

「十分鐘後，空間裡的各種幽靈就會開始活動，在這之前我們先分個組吧。」胡十炎目光掃過五個年輕人。

「我和可可……一組。」秋冬語聲音細微，但語氣帶著不容反駁的堅定。

「既然女士們先選好了，那本大爺只好挑現在剩下的。」

「挑你媽啦，用猜拳的。」一刻直接拍板定案，「贏的人一組，輸的人一組，就這麼辦。」

胡十炎似乎還想弄出幾個爲難人的挑選辦法，不過見沒人想搭理他，只好作罷。

第一輪猜拳就分出了結果。

柯維安看著自己出的剪刀，再看向輸給自己的胡十炎，「天啊天啊，我竟然有贏過老大的一天……這是值得紀念的重大事件！」

「所以你得跟我哥一組了耶，小安。」蔚可可眼帶同情地看著柯維安。

柯維安一僵，慢慢地扭過頭，隨後不敢置信地發現到，一刻居然在猜拳上輸給了蔚商白！

贏的人一組，輸的人一組。

也就是說……

「不不不，爲什麼小白不是跟我同組啊！」柯維安發出悲痛的吶喊，「老大，我現在自願輸給你行不行？剛剛贏的人絕對不是我！」

「不行。」胡十炎伸伸懶腰，再朝一刻勾勾手指，「小朋友，過來吧，我們可是一組的。」

一刻倒不介意和誰搭檔，無視柯維安傷心欲絕的表情，走到了胡十炎身邊。

「還剩六分鐘。」胡十炎拿出手機，在螢幕上快速點按，「我設個時間，畢竟我也不想玩得沒完沒了。先設一小時，只要在一小時內最快拿到一百分的那組就是贏家。倘若時間到，分數沒達標的話，就看哪組最高分，還有什麼問題嗎？」

「有。」一刻嘆了口氣，「雖然知道不可能，但我還是想問一次……真的不能讓我回去嗎？」

胡十炎沒有正面回答，反而是把問題拋給了秋冬語，「小語，本大爺這時候會怎麼說？」

「乖，別作夢了……」秋冬語細聲細氣地說。

「換個方向想啊，宮一刻。」蔚可可一向是凡事往積極面看，「早打完早收工嘛。小語，我們走囉。」

「嗯。」秋冬語手裡平空出現了一把收束起來的紫色蕾絲洋傘。

「親愛的，我會想你的，你一定要想我啊。」柯維安依依不捨地朝一刻揮手。

一刻果斷地扯了胡十炎就往另個方向走。

才一個小時，是要想屁啊！

滴答、滴答、滴答……

血紅色的天空忽地傳出了秒針行走的聲音，讓這個空間的緊張氛圍更濃了。

一刻與胡十炎選的是右邊，他們踩在雜亂的草堆上前進，放眼望去是千篇一律的景色，外形畸異的樹木好像隨時會化成猙獰的怪物朝他們撲過來。

胡十炎冷不防停住腳步。

「怎麼了？」一刻問道。

「遊戲開始了。」胡十炎微笑著說。

就在黑髮妖狐吐出句子的同一時間，天空也傳來了洪亮的廣播。

「大會報告，『愛護幽靈，人人有責』大會報告，幽靈已經出動，請來賓不要採取太暴力的手段，最好是可以餵食，但請勿拍打。重申一次，愛護幽靈，人人有責，祝大家玩得愉快，啾咪！」

一刻沉默半晌，「……這三小？」

「廣播啊，它剛不是自己都把來歷報得一清二楚了？」胡十炎下意識地張開掌心，想召喚出金艷狐火，旋即才恍然想起自己現在妖力已被封住，「時間到它會通報，有人先拿到一百分，它也會通報，不覺得它是個努力盡責的好幽靈嗎？」

「不覺得。只覺得聽完後手很癢，拳頭很……」一刻沒把話說完，他倏地消去最後一個音節，雙眼緊盯著某一個方向。

就在那裡，有個卡通造形的Q版幽靈小心翼翼地探出頭，接著和一刻對上了視線。籃球大小的幽靈頓住，白色的面部上飄出兩朵小紅暈。

還沒等一刻吃驚於這幽靈原來還會害羞，那隻臉紅的幽靈猛地已舉起一支小旗子。

「兄弟們，聽我號令——圍毆他們！」

說時遲、那時快，更多白色幽靈從樹木後擁了出來。

它們造形各異，有的如領頭的那隻走可愛風，有的走鬼片風，還有的走怪物片風，長相凶惡猙獰，體型比人類還要巨大，活像是一個白色巨人。

「幹偆老師！」一刻脫口爆出了髒話，白針馬上出現在他的掌心裡，「胡十炎，你有沒有武器，沒的話就退一邊去！」

「啊，忘了先準備。」胡十炎看看空無一物的雙手，毫不在意地聳聳肩膀，下一秒他抬起長腿，一腳踹飛試圖撲向自己的蝴蝶結幽靈，「不過也沒差。」

那一腳踹得又重又狠，蝴蝶結幽靈飛了好遠，最後撞在一棵大樹上，像一張白色的餅，滑落在地面。

所有幽靈被這一幕震得屏住氣。

不對，它們是幽靈，早就沒有氣了。

「爲同伴報仇！」立刻有個幽靈回過神來，眼裡燃起熊熊怒火。

「爲同伴報仇！」更多幽靈吶喊，「只准餵食，不能拍打！愛護幽靈，人人有責！」

「責你老木啊！」一刻也不客氣了，握著白針直接展開攻擊，不須費心留意同伴，讓他打起來無後顧之憂。

沒有多久，幽靈就發現到這個白髮男孩是塊很硬的鐵板，貿然撞上去只會把自己撞得發疼。有的幽靈便想改變目標，重新把主意打到了胡十炎身上。

雖然黑髮男人踹鬼也很凶殘，但他手裡畢竟沒有凶器，它們肯定能順利鑽得空隙，擊敗第一個人。

好幾個幽靈迅速採取行動，朝另一端的胡十炎飄了過去。

胡十炎基本上維持著雙手閒散插在口袋的姿勢，但凡有幽靈靠近，來一個，他就踹飛一個。

不過踹久了，他也覺得該換個方式。他漫不經心地掃過一隻被他踹成蚊香眼的幽靈，腦中有個想法。

他將那隻幽靈拎起來，像扭抹布般將它用力一扭，再把它往兩邊使勁拉長。

「本大爺不想太浪費力氣，你們過來排隊讓我打吧。」胡十炎笑容妖冶，手裡拿著由現場幽靈當素材製成的武器。

本來想圍堵他的眾幽靈瑟瑟發抖，不敢相信怎麼有人能如此喪心病狂，喪盡天良！說好的愛護幽靈，人人有責呢？

如果一刻能聽見那些幽靈的內心話，第一秒就會直接吐槽：廢話，因爲那是六尾妖狐，又不是人！

不過他自然沒有辦法聽到，此刻他正忙著痛打另一邊的白幽靈們。

或者是說，痛戳。

鋒利的白針在半空中揮劃出銀亮軌跡，每每幽靈們才正覺得被晃了眼，下一瞬身體上就被戳出了一個洞，原本鼓起的身軀登時如同洩了氣的氣球，快速消扁下去。

「愛、愛護……」

「幽靈……」

「人人有……」

「責……」

「就說責你老木了。」一刻俐落一腳，踩爆了那個擠出口號最後一字的幽靈，「他媽的幹嘛不說愛護人類，幽靈有責？」

「大概是它們覺得你太凶，不敢愛護。」胡十炎閒散地拍拍手，恭喜一刻解決掉最後一隻。

「誰凶！」一刻凶巴巴地瞪過去。

「看樣子，我們的積分還沒達標。」胡十炎若無其事地換了話題。沒有妖力的保護，被拳頭揮到也是會很痛的。

「還不簡單，繼續打就好了。」一刻動動手腕，再按按自己的肩膀。

「但本大爺覺得懶了。」胡十炎理直氣壯地說。

一刻的動作頓住，「你有種再說一次？」

「怎麼會沒有？你要聽幾次都行。」胡十炎雙手抱胸，「我覺得膩了、懶了，不過我也沒說不遵守遊戲的規則。」

說要玩遊戲的是眼前這隻狐狸，現在說不想玩的也是他……一刻做了幾次深呼吸，以免自己立刻、馬上，就想現場表演毆打上司！

「那你說要怎麼辦？」他忍耐地問。

「讓大會再加一條新規則吧。」胡十炎重新拿出手機，「如果把別組對手也打倒的話，對方的積分就會落到自己這組上。如何，很棒吧？」

「不，爛透了。」一刻斬釘截鐵地這麼回答。

「大會報告，大會報告！」

血色天幕再次響起來自「愛護幽靈，人人有責」大會的廣播，響亮的聲音傳遞到小空間裡的每一個角落。

「咦？」蔚可可暫時停下射箭的動作，下意識地抬頭向上看。

上頭自然沒有任何東西，依舊是塗得又濃又厚的暗紅色覆蓋著整片天空。

「打鬼遊戲從現在開始添加新規定。打鬼人除了打鬼，也可以打人。被打倒的人，積分會被清空，歸屬於贏家所有，以上。祝大家玩得愉快。再次提醒，愛護幽靈，人人有責！」

「啊？啊？」蔚可可吃驚地大叫，「這意思不就是……」

「可以攻擊，其他組的意思……」秋冬語嗓音輕飄飄的，但她驅逐幽靈的動作卻是異常粗暴。

她一傘重擊在那隻想接近蔚可可的幽靈，待對方嗷嗷慘叫之後，束起的洋傘再次舉高，以一個強棒揮擊的姿勢，強而有力地將幽靈當成球遠遠打擊出去。

「喔喔喔，好一個全壘打！」蔚可可為秋冬語歡呼，「小語太厲害了！」

「可可也很厲害。」秋冬語真誠地回予稱讚。

「嘿嘿。」蔚可可俐落地從樹上跳下，她的神使武器在高處能夠更好地發揮，只要有幽靈靠近，就能迅速一箭射倒，因此她之前都是待在上方，「所以我們現在可以攻擊宮一刻或是我老哥那組了？不，等等，等等等等一下！」

蔚可可剛生起的興奮之情飛快退去，她摸著下巴，擺出一臉嚴肅的表情。

「意思是，他們也能攻擊我們了？」

「對的……」秋冬語打開洋傘，像朵花盛綻的傘面將她們兩人保護其內，擋下了一隻疾速衝過來的白幽靈。

蔚可可只聽到強力的一聲碰撞，透過傘面，看到一個胖乎乎的東西可憐兮兮地栽落在草堆裡面。

爲那隻幽靈默哀一秒鐘，蔚可可飛也似地拉開弓弦，光箭瞬間成形。

下一秒，貫穿了一隻想從另一方撲來的幽靈。

「小語，妳覺得我們要怎麼辦比較好？」

「可可想要怎麼做……我就覺得那樣做好……」

面對身邊人強而有力且毫不懷疑的支持，蔚可可當下心中有了決定，「那，我們就……先認輸吧！」

「可可不想打小柯他們？」

「不不不，小安可是旁邊還有我老哥，那個超級大魔王。而宮一刻加上老大的組合，太凶殘了。與其等他們來打我們，不如我們先退場算了……雖然不曉得那個『愛護幽靈，人人有責』大會能不能聽到我們的認輸宣言。」

「等我一下……老大有替我的手機開通一個功能，算是讓我……走後門。」秋冬語拿出自己的手機，「只要不違反之前的規則，可以再訂出新的規則……」

當秋冬語輸入最後一個字、按了發送出去，先前還蠢蠢欲動的幽靈們驟然全部停住了動作。

蔚可可湊過來一看，頓時眉開眼笑，「小語太棒了！」

秋冬語仰起小臉，素來缺乏表情的面容上露出了淺淺的笑意。

「可以跟可可，一起看幽靈、逛樹林，這就叫……約會，對嗎？」

「一筆蓮華，華光綻——」

吸滿金墨的筆尖用力地摁在了地面上，書寫完最後一筆的同時，柯維安仍保有少年澄澈感的嗓音在樹林內響起。

乍看下，如同潦草揮劃的金字霎時光芒大熾，暴起的金光像一把鋒利大刀，凶猛悍然地劈開了擋在前方的所有獵物。

第一隻小幽靈尖叫，「啊，我死了！」

第二隻小幽靈尖叫，「啊，我死了！」

第三隻小幽靈尖叫，「啊，我……」

「華光綻加強版！」柯維安用最快速度在金篆字體上又補上了豪邁的一筆。這一次，更燦亮的金光一口氣把三、四、五、六隻的幽靈通通吞沒進去。

等到刺眼的金光終於消散，六隻幽靈彷彿被放掉大半氣體的氣球，乾扁扁地飄落在地上，豆豆眼冒出了一顆顆淚水，看起來好不可憐。

不過柯維安可不像一刻那樣，輕易就會被可愛的事物魅惑。要讓他動搖，起碼先來個一打天真無邪還會叫他「大葛格」的小天使再說。

「而且你們……早就死了好嗎？」柯維安氣喘吁吁地吐槽。他體力一向不好，施展了幾次大招，接下來就只有拄著毛筆喘氣的份。

見他露出明顯破綻，一隻幽靈緊握拳頭，誓死爲同伴復仇。它卯足了勁朝對方衝過去，卻在即將進入他周身一公尺的刹那間——

綠芒無聲無息地閃爍。

再一個眨眼，小幽靈含著兩泡淚水，看著自己被切開的下半身，深切感受到「出師未捷身先死」的悲慟滋味。

如果柯維安聽見它的內心話，絕對會再吐槽一句：拜託，就說你早就死了。

「謝謝了，小可的哥哥。」柯維安有時候就是改不了這個叫法。

及時出手的蔚商白也不以爲意，解決掉偷襲的幽靈後，雙劍隨意挽了朵鋒芒畢露的劍花，烙著碧綠花紋的劍身閃耀著凜凜寒芒。

冷不防地，此時血紅天幕中再度傳出了廣播。

「大會報告，大會……」

「天啊，這廣播怎麼又來了！」柯維安哀號一聲，「我覺得它一響起就沒好事！」

「請不要隨意打斷大會的話，大會在這裡是至高無上的！現在宣布，女孩子組率先棄權，自動認輸，屬於她們的積分清空。剩下的傢伙請努力，記得不要去打擾那兩位漂漂亮亮、可可愛愛的女孩子的悠閒時光。就算攻擊她們也不會有積分的，還會被倒扣一半的分數，以上。祝剩下的四個傢伙玩得愉快，不愉快也不干我們的事，啾咪！」

「不愧是開發部弄出來的，自帶挑釁技能吧這個大會……而且還感覺有很嚴重的性別歧視耶！」柯維安忍不住開啓吐槽技能。

可惜身邊是鮮少附和他人的蔚商白，讓他深切地感受了一把寂寞無人懂的滋味。

他決定改變話題，免得氣氛尷尬，「現在是怎樣，一下說不只打鬼還能打人，一下又說可可她們退出比賽了，那不就是剩我們跟小白他們而已？那個幽靈大會究竟在打什麼主意？」

「不清楚。」蔚商白說，「但很明顯胡十炎應該會把目標優先放在我們身上。」

「啊！」柯維安心思敏捷，被蔚商白這麼一提點，他迅速反應過來，然後更加愁眉苦臉了。

以他的聰明才智來判斷，他覺得那條可以攻擊別組的規則，十之八九與胡十炎脫不了關係。

假設這個推論正確的話，就表示胡十炎有辦法影響這場遊戲的規則。

「那老大爲什麼不直接宣布他贏了？」柯維安陷入苦思。

蔚商白沒有打擾柯維安，對方顯然在釐清思緒。他將注意力放在周圍，一有幽靈出現，並且試圖攻擊他們的時候，雙劍就帶出凌厲不留情的攻勢。

流暢鋒利的碧光在血色天幕下交織成絢麗的光之軌跡。

凜凜寒光震懾得不少幽靈開始卻步。

有些情感纖細的，更是被嚇出兩泡眼淚，淚汪汪地直瞅著那名宛如凶神般的人物。

柯維安一陷入自己的思緒，對外界的感知就變得遲鈍。好在他有個可靠的同伴，能讓他無後顧之憂地盡情延伸他的推理。

胡十炎可以改變遊戲規則，但又沒辦法直接決定遊戲結果……這就表示，他估計無法推翻最開始的那兩條規定。

玩滿一小時。

或者，先拿到一百分。

「喔喔喔，我了解了！」柯維安恍然大悟地一嚷，從自己的小世界回過神，「我猜老大可以添加新規則，不過不能改變前面已經確定下來的！」

「結論？」蔚商白挑重點問。

「結論啊……」柯維安垮下肩膀，連頭頂總是迎風而立的那綹髮絲都失了朝氣，「結論就是，老大會加新規定，很可能是他想快點累積分數，但自己打鬼又麻煩，得一隻隻來，所以搶分最快了嘛。再換句話說……」

「他懶了。」蔚商白一針見血地說。

「啊啊，對，百分之九十九點九的機率是……老大他，不想玩了！」柯維安大聲地宣布他們神使公會會長的毛病，「小朋友三分鐘熱度！」

喊完之後，柯維安趕忙朝四周張望，就怕話裡的主角猛地冒出來，給自己一記火球攻擊。

啊不對，老大現在是妖力封印狀態，所以只會給自己拳頭吧，但威力一樣可怕。

柯維安打了個寒顫，「蔚商白，我們要趕快擬出一個應對的方法才行，否則老大他們很快就會找上我們了。」

能再見到他家親親小白是很高興，可是他不想跟小白的拳頭來個親密接觸。

不管是一刻或是胡十炎，這兩人的武力值都是實打實的，沒有添加一絲水分，柯維安相信自己到時只有被碾壓的命。

「不想和他們打，那就只能多打一點鬼了。」蔚商白在說這話的時候，一劍又捅穿了一隻突然衝出的幽靈。

他面無表情，眉眼冷肅鋒銳，整個人就像他手中的雙劍一樣森寒逼人，令人望而生畏，不敢接近一步。

不只是人，現在是幽靈都不敢接近了。

柯維安很快留意到，越來越多幽靈只敢在遠處觀望，竟然連上前挑釁都沒有。那些白色小東西噙著淚水，哆嗦地藏在樹上、樹下、樹後。

「快過來啊。」柯維安擺出最親切無害的笑容，試圖吸引幽靈，「我們沒什麼危險性的，安全、可靠，值得你……」

話都還沒說完，蔚商白的一把單劍忽地脫手飛出。

纏著碧綠花紋的長劍猶如疾速閃電，迅雷不及掩耳地破空飛行，直到準確地洞穿了一隻正好從樹後探出頭的小幽靈。

柯維安閉上嘴巴，他眼前的幽靈們全都用「你騙人」的眼神在控訴。

柯維安摸摸鼻子，最怕這種空氣突然安靜的氣氛。

打破僵持的是一陣驟然響起的細細哭聲。

「這聲音……」柯維安一驚，「我好像在哪聽過？」

那道哭聲一聽就知道是年輕女孩發出來的。

蔚商白眉頭蹙起，臉色凝沉。他比柯維安還快辨認出來，那聽起來就是蔚可可的聲音。

「等等、等等……不可能吧？」柯維安也聽出來了，「小可的聲音？她在哭，難道她被可怕的鬼攻擊了？」

「不對。」蔚商白一把拉住想衝出去的柯維安，眼神冷靜，「她可不會這麼哭。」

「咦？」

「如果給她很多作業、講義、考卷，她會哭，實驗過很多次了。」

「那個，你是魔鬼吧……突然好同情小可啊。」

「但是在玩遊戲或面對敵人時，她不會哭，她只會一邊鬼吼鬼叫，一邊想辦法把敵人痛揍一頓。」

「小可的哥哥啊，她的形象感覺都要被你毀光了……」

「別擔心，她沒有那東西。」蔚商白一派從容地帶過，回到主題，「胡十炎曾說過這裡有各種幽靈。也許現在我們遇上的，就是一種能假冒別人聲音的幽靈。」

柯維安眼睛一亮，這推論太合理了！

至於要如何驗證？

柯維安和蔚商白各自帶上自己的武器，神不知、鬼不覺地往哭聲傳來方向接近……

第七章

似乎因爲遲遲等不到有人來，那道哭聲哭得更賣力了，企圖讓人更深切地感受到它的悲傷和楚楚可憐。

或許是哭得太用力，它忽地打了一個大大的哭嗝，接著又一個。

等打到第三個嗝的時候，它眼前突然竄出了一道人影。

沉穩冷淡的高個子青年像條鬼魅般蹲踞在樹枝上，長劍斜斜架在它的……疑似脖子的地方，只要稍加使力，就能把它斜切成兩半。

蔚商白銳利地盯著面前的白色小幽靈，它頭上還戴了一頂小王冠。

小幽靈受到莫大驚嚇，連身上的顏色彷彿都被嚇淡了。它僵直著身體，一動也不動，下一秒，身子一歪……

竟是被嚇得從樹上掉下來了。

「接殺成功！」在樹下等候的柯維安沒想到自己還能體會一把守株待兔的滋味，他牢牢地抱著王冠小幽靈不放，徹底斷絕對方逃跑的機會，「真想不到，你還有這種特殊能力呀，再哭個幾聲來聽聽？」

小幽靈嚇得又打出一個短促的哭嗝，全身抖個不停。

這讓柯維安產生了自己是個大反派的感覺。

不不不，這明明一向是小白的專利，他可是個和平又愛好小天使的好角色！

蔚商白俐落地從樹上下來，一把長劍隱沒，只留一把還在手上。

但即使只剩一把，也足夠讓小幽靈全身再次僵住了。它飛快地用兩隻小短手摀住嘴巴，就怕冒出的打嗝聲刺激到對方，忍不住朝自己刺出一劍。

「別擔心、別擔心。」柯維安一眼就看出小幽靈心中所想，「我們很和善的，我的同伴也不會隨隨便便就把你身上捅出一個洞。」

這話要是給之前被捅出洞的幽靈聽見，它約莫會哭天搶地。它明明就只是從樹後探出頭，然後就被凶殘的人類刺穿了身體。

「回答我們問題，就保你安全。」蔚商白沒有浪費時間，言簡意賅地提問，「你能模仿出其他人的聲音嗎？」

王冠小幽靈怯怯地點了下頭。

「眞棒。」柯維安誇獎道，又轉頭對蔚商白說，「我想到一個不錯的主意了。」

這主意實行起來很簡單，需要的道具只有一項。

會模仿別人聲音的小幽靈。

在惡勢力的脅迫下，小幽靈一秒就同意這個計畫，等柯維安和蔚商白都躲起來，它就開始它的表演了。

「啊啊啊啊！抓住了，我們抓住那兩個人類了！」

「兄弟們，快點把他們的手腳都綁起來！」

「等一下，我們還要更多的人手……我們要叫更多的幽靈過來！」

「同伴、兄弟！呼叫各路小幽靈！快點過來座標×××，我們需要你們！」

僅憑一隻王冠小幽靈，就變出了各種不同聲音。

躲在暗處的柯維安聽得津津有味，有如現場聽了一場多人演出的小電影。

王冠小幽靈的賣力表演果然如預期般吸引到更多同伴，越來越多白影從遠處趕來，並且呼朋引伴地叫來更多幽靈。

柯維安二人唯一沒料到的，是連幽靈以外的存在也一起引來了。

「嘖嘖，這可真是熱鬧啊，是要開趴踢嗎？」悅耳的男聲懶洋洋地加入了幽靈們鬧哄哄的喊叫中。

霎時，全場像被人按下了靜音鍵。

就連喊著喊著開始熱衷於變換各種聲音的王冠小幽靈也霍地閉上嘴。

「怎麼不喊了？再多喊幾聲來給本大爺聽聽啊。」

「靠杯，你這什麼台詞？」嫌棄的男聲隨即加入。

柯維安瞪大眼，是小白和老大！

他趕緊從藏身的樹叢後偷偷探出頭，觀察著外邊的動靜，果然望見了再熟悉不過的兩人。

宮一刻和胡十炎。

縱使身上妖力被封，但胡十炎依舊自帶一身迫人氣勢，加上後方神情凶惡的一刻，兩人一路走來，宛如現場表演摩西分海，原本擁擠的幽靈們頓時全往兩邊退，空出了一條大大的通道。

「這麼多的幽靈，一口氣掃光分數也差不多滿了吧。」胡十炎摩挲了下手指，有些惋惜自己現在無法使用火焰。

不過他也沒打算將限制手環摘下來，否則這場遊戲連丁點懸念也沒有，就能宣告結束了。

「有空張嘴講話，不如趕緊出力。」一刻冷漠地睨了胡十炎一眼，白針轉眼就要施展開攻勢。

說時遲、那時快，碧光如迅雷射出，帶出獵獵風聲，同時也打斷了一刻欲攻擊的動作。

一刻眯起眼，從那把攀附著碧紋的長劍認出對方身分，「蔚商白。」

「還有我、還有我！」行蹤都被發現了，柯維安也不再躲藏，帥氣地從藏身處主動現身，「親愛的，我在這！」

「喔。」一刻冷淡地說，目光則鎖定在從暗處走出的蔚商白，「要打嗎？」

「不要。」蔚商白回答得乾脆，「你不覺得很麻煩嗎？」

「確實。」一刻同意，他又不是戰鬥狂，平時打架也大多是別人來招惹他。

「喔?意思是你們要把分數都讓給我們?」胡十炎意味深長地瞥過一旁的眾多幽靈,再回到柯維安和蔚商白這邊。

柯維安在胡十炎底下做事多年,一聽就知道,老大說的讓分數,不單是把幽靈讓給他們,包括自己身上累積的分數也要一塊上繳。

而答案當然是……

「你以為我們會乖乖聽話就太天真了,老大!」柯維安眼裡閃過狡黠的光,手裡毛筆猛地往下重重一摁。

瞬間,被荒草掩蓋的地面亮起了無數金光。它們像飛速的游魚,轉眼便彼此銜接起來,將所有被引誘前來的幽靈們圍困在其中。

不待幽靈們意會到自己上當了,更多金色光束噴灑出去,宛如一大把利針,在它們身上刺出密密小洞。

金光只攻擊白幽靈,同樣被困在陣中的一刻和胡十炎則毫髮無傷。

一刻臉上露出訝色,沒想到柯維安他們早就留了一手。

「真可惜。」胡十炎嘆口氣,但聽起來沒太多的惋惜語氣,「贏家是你們了。」

幾乎胡十炎話聲甫落地，上空便傳出了清晰嘹亮的廣播。

「大會報告、大會報告！遊戲贏家出爐，由蔚商白和柯維安率先獲得一百分，讓我們眞摯地恭喜這兩位得獎者！但本大會不提供任何實質上的獎勵，只給予精神上的祝福而已！」

「欸欸欸欸？」柯維安大吃一驚，「沒有任何獎品嗎？那我們拚死拚活幹嘛呢？」

「不是爲了不被胡十炎卯起來痛毆嗎？」一刻哼了一聲，可沒忘記之前是哪個混蛋恐嚇他們玩遊戲的。

「啊，好像是耶……」柯維安後知後覺地想起，「但是，好歹來個一點什麼啊！主辦大會怎麼能那麼吝嗇！」

「愛護幽靈，人人有責。」廣播義正詞嚴地說，「請勿向弱小可憐又無助的幽靈進行敲詐，還有請把我們的同伴還給我，再見！」

不給柯維安再有任何討價還價的餘地，廣播一說完便徹底沒了聲音。

緊接著，柯維安發現現場唯一留下的王冠小幽靈漸漸變得透明。

變透明的還有四周活像恐怖片的陰森場景。

天空、荒原、樹木……一切都在轉淡，最後終於消失在一刻他們的視野中，取而代之的是熟悉的銀白色沙灘，以及潑墨般的黑夜與海洋。

還有站在不遠處的蔚可可和秋冬語。

「宮一刻、小安、老大、哥！」蔚可可開心地朝他們招招手，「這裡、這裡，沒想到最後是老哥和小安贏了耶！」

「老實說我也沒想到。」柯維安有絲羨慕嫉妒地看著精神煥發的兩個女孩。如果可以的話，他也不想打鬼，他只想好好找個地方看手機，欣賞動畫裡的小天使，「一開始我也以爲會是小白跟老大那組贏的。」

「嗯嗯，沒錯。」蔚可可很能理解這個想法，「因爲他們是暴力組嘛。」

「誰暴力啊？」一刻沒好氣地瞪了一眼過去，「反正輸了就是輸了，我們現在可以回去休息了吧。」

「走吧。」蔚商白行動力最強，直接舉步往二號小木屋邁去，「浴室我先訂下了，誰也不能搶。」

「屁啦，憑什麼你就能第一個洗？」一刻對自己的一身汗也很嫌棄。

「你們一起洗不就好了?像我跟小語就要一起洗啊。」蔚可可出著主意。

一刻和蔚商白沉默,誰也不想接蔚可可的話題。

「老大,既然我們贏了,那獎勵呢?總有獎勵吧?要是叫我們光出勞動力卻不給任何安慰,那我會哭的喔。」柯維安滿懷期待地緊盯著胡十炎。

「獎勵啊,當然有。」胡十炎踩著悠閒的步子跟上前方的大部隊,「待會我就跟帝君聯絡一下,請她幫你們開個天界銀行的戶頭,作爲獎勵的一年年終會存到裡面。」

「一、一年年終?」柯維安震驚到結巴,「天啊……老大我愛你!你超大方!」

「大爺我本來就大方,但我不愛你,滾邊去。」

柯維安毫不介意地退到旁邊去了,想著一年份的獎金,不由得嘿嘿嘿地笑。

一刻聞言則是擰緊眉頭,「天界銀行?該不會是織女當初也幫我開過戶頭的那個吧?」

「哎,小白你也有嗎?」

「對,剛遇到織女、替她打工的時候,她就幫我開了戶頭,說薪水都直接存裡面。」

「不知道爲什麼,我總覺得小白你這句話後面還有個『然後』……」

「然後……」一刻回過頭，朝著柯維安皮笑肉不笑地說，「要死了才能到天界去領錢。」

柯維安一呆，柯維安不敢置信，柯維安簡直想痛哭流涕。

「別這樣啊老大！不能先換成現金給我們用嗎？天界銀行的錢拜託先提出來給我們啦！」

「不想要的話，那就是沒獎品了，只有有跟沒有這兩種選擇。」

「可以來個有跟沒有之間啊啊啊！」

「還有跟沒有之間，柯維安以為這是薛丁格的獎金嗎？」一刻咂下舌。

「薛丁格的獎金是什麼啊？」蔚可可提問，換來蔚商白的瞥視。

「回去上網查，然後把道理背下來，明天抽問。」

「不要啊啊啊啊啊！」

沒有理會在後邊鬼哭神號的兩人，一刻拿出鑰匙，打開了小木屋的大門。雖然外出時關掉了空調，不過暖氣的餘溫還沒完全散去。

這讓進屋的人都感受到一陣暖意撲來。

「累死了……」一刻開了燈，掃了周圍一圈，明明什麼變化也沒有，但就是有種微妙的不對勁。然而終究沒發現個所以然，因此這份異樣很快就被他扔到腦後。

「茶茶茶，我要喝茶！」柯維安一個箭步來到長桌前，出門前泡好的茶水還放在桌上，正好一人一杯。

柯維安拿起杯子一口氣灌下，淡淡的綠茶香氣充盈在他的鼻間，舒緩幾絲疲累。

見狀，其他人也紛紛把自己的那杯茶給喝掉。

胡十炎是最後喝的那一個，他舉著茶杯，目光在淡綠色的茶湯上停留一會，接著挑挑眉，一口把茶也喝了。

隨著夜色越來越沉，外頭海風也越來越大，猛烈的呼呼聲聽起來宛如有人吊著嗓子在哭號。

與白日的美景截然不同，入夜的銀牙灣只讓人感受到冰冷和無邊際的黑暗所帶來的壓迫。

在這種又濕又冰的夜晚，根本不會有人想在外面逗留。

可就在進入凌晨十二點、月亮漸漸往上爬升之際，四道身影忽地出現在沙灘上。

夜色模糊了他們的輪廓，可仍舊看得出是兩大兩小。

他們正是葉羊、山蕭，以及木森和海湖。

不久之前，山蕭接收到來自二號小木屋的訊息，屋裡的人已經關燈，全部回各自的房間睡覺了。

這對等了大半個晚上的山蕭等人來說，無疑是個振奮人心的好消息。

爲了預防萬一，他們還耐心地等待一會，確保小木屋的房客均陷入夢鄉，沒有誰突然起身活動，這才準備好出發。

枯島民宿外的寒風和冷意對身爲妖怪的四人來說，並沒有多大影響。他們快速朝二號小木屋前進，將近兩公里的路程五分鐘之內就到達。

小木屋靜靜地矗立在不遠處，門廊前的兩盞路燈亮著暈黃色的燈光，提供了簡單的照明，以免外出時伸手不見五指。

屋裡每一扇窗戶的窗簾皆密密拉上，不讓人窺探屋內景象，但布料後的確沒有一絲燈光洩出。

「他們都睡著了嗎？」葉羊下意識地壓低聲音問道。

「我的小羊說他們睡了。」山蕭伸出手，一直藏在小木屋屋頂上的羊形光團緩緩飄下，落到她的掌心，隨後便消散不見。

明知道山蕭不是在喊自己，葉羊還是忍不住雙手摀著臉頰，面上一陣發熱。

海湖瞄到這一幕，忽然體會到女大不中留的意思。

「他們都有喝下加進藥水的茶了。」山蕭從光團裡得到更多情報，轉述給其他人，「所有人都有喝。只不過直到睡前，他們身上都還沒有發生什麼不尋常的變化。」

「藥水啊……」木森聽兩個孩子提過，那是種可以變男變女還能變大變小的神奇存在，「真沒想到人類可以研發出這麼驚人的東西。」

「怎麼，你也想喝喝看嗎？」海湖懶洋洋地說，「說不定小姐她們沒用完，還留有一點。」

「已經用光了耶。」葉羊小小聲地說，圓滾滾的眸子裡寫滿愧疚，「我不知道木森會想要喝，早知道就不要把藥水都倒光。」

「不不不，倒得好，倒得妙。」木森趕緊說道，他絕對不想嘗試變換性別跟改變年齡的滋味，他對現在的自己很滿意，「小主人、葉羊小姐，妳們是把藥水都倒進他們的茶裡面了嗎？」

「嗯。」山蕭說，「他們晚上一出門，我和小羊就潛進去裡面了。我們把藥水倒進茶杯裡，跟他們還沒喝過的茶混在一起。」

「也有把藥水加入茶壺跟礦泉水裡喔，這樣他們一定會喝到的。」葉羊認眞地握著拳頭。

「聽起來應該是萬無一失。」木森點點頭，「現在就希望他們身體已經產生變化。」

「進去看不就知道了？只不過在進去前……」海湖來到小木屋窗前，試探地拉拉看，驚喜地發現到這扇窗正好沒上鎖。她悄悄拉開一條小縫，再從外套裡拿出幾綹像乾草的絲狀物，「借個火一下。」

「妳得慶幸我晚上點蚊香時，打火機還留在身上。」木森走上前，幫她點燃那些疑似乾草的東西。

一等裊裊紫煙飄出，海湖立刻將絲狀物往屋內一丟，關上窗戶。

「那是迷煙，我們族裡很常用的好東西。吸進去就會在一分鐘內徹底睡著，起碼要幾個小時後才會醒過來。」葉羊將薄荷糖遞給山蕭和木森，「這是特製糖果，吃了就不會受到迷煙影響。」

海湖自己也吃了一顆，一邊感受著在嘴中擴散開的沁涼，一邊默數時間。

一分鐘一到，她馬上朝葉羊他們點點頭，表示可以開始行動了。

「小羊，妳爬得上去嗎？要不要我抱妳？」山蕭鎖定那扇沒上鎖的窗戶，決定拿來當入侵的捷徑。

「小主人，不用那麼麻煩。」木森笑吟吟地亮出了另一個道具，「這是民宿的萬能鑰匙，不管哪間房都能打開的，反正也不用怕吵醒他們，我們就直接開門進去吧。」

山蕭冷冷瞪了自己下屬一眼。

木森被瞪得一臉困惑，不明白自己哪裡做錯了。

海湖搖搖頭，「笨啊，怪不得就算一直撩女孩子，卻還是單身到現在。」

「不……所以我到底做錯什麼了？」木森滿頭問號。

海湖才不告訴他，他破壞了他家小主人可以抱她家小姐的機會。連氣氛都不會看，也難怪會被白眼對待。

「門都打開了，就趕快進去。」海湖催促，即使他們不怕冷，也不想一直站在外面吹海風的好嗎？

四人陸續進入小木屋，屋內還縈繞著淡淡香氣，正是迷煙所留下的，但對事先吃了解藥的葉羊幾人起不了效用。

海湖乾脆打開屋裡的燈，鵝黃色燈光立即充斥每個角落，把幽暗驅散得一乾二淨，也讓屋內事物一覽無遺。

「等等，開燈的話會不會……」木森擔心這樣太過冒險。

「這可是我們族裡的好用小道具第一名，賣場上賣到幾乎沒存貨了，好歹相信一下我們的產品。」海湖說，「對人類、妖怪都有效，對鬼的效用不大。除此之外，除非你這時候用超高分貝尖叫，才有可能吵醒他們。」

「我又不知道妳們是哪一族的，不然我們交換一下彼此的資訊？」木森提議道。

「你傻了嗎？萬一彼此種族碰巧是敵對的話，是要現場就直接打起來嗎？當然是雙方都別知道對方底細最好了。」海湖一向煩做這種要付出勞動力的事，她只喜歡懶洋洋的，最好宅在屋子裡一整天。

要不是爲了小姐未來的幸福著想，她才不會選在三更半夜的時候跑出來。

「也是呢。」木森同意海湖的想法，「就讓我們繼續當個普通同事吧。」

海湖打了一個長長的呵欠，先往一樓通鋪房走去。來到房門口，她往牆上一摸，打開了房內的電燈，當她一看清裡頭光景，打到一半的呵欠硬生生哽住了。

她瞪大眼，忙不迭地扭頭朝後喊，「喂喂，快過來看！這也太猛了吧！」

一聽見她的呼喊，葉羊等人趕緊全往通鋪房集合。

小孩子仗著體型優勢，直接鑽到最前面，然後她們的眼睛也瞪得又圓又大，兩張小臉蛋上是掩不住的吃驚。

「哇賽……」木森從海湖身後探出頭，目瞪口呆地望著眼前驚人的一幕。

一、二、三、四，四名稚齡孩童在各自床墊上呼呼大睡。他們緊閉雙眼，渾然不知道自己身上發生了何種驚人變化。

從靠牆的那一側到接近門口處，分別是鬈髮小男孩、白髮小男孩、棕髮小男孩，以及唯一的一名黑髮小女孩。

四個人的年紀看起來約莫六、七歲左右，和山蕭、葉羊差不多。

山蕭他們都看過一刻、柯維安和蔚商白本人，因此輕易就能認出其中三個小男孩正是他們的縮小版本，五官皆保留大致的輪廓。

所有人的目光瞬間都落到了那名小女孩的臉上。

比起其他人，黑髮小女孩的五官更爲精緻瑰麗，不難想像長大後一定是驚爲天人的大美人。

「比我還好看……」葉羊摸摸自己的臉，語氣有一絲嫉妒。

「沒有，小羊最好看。」山蕭堅定不移地說。

「眞的嗎？眞的嗎？最喜歡小山了。」葉羊頓時心花怒放，抓著山蕭的手上下搖晃。

山蕭拉低球帽的帽簷，好遮住自己紅通通的耳朵。

「這個小女生……應該就是我電話裡聽見的聲音主人了吧。」海湖仔細端詳著。

木森心裡掠過一抹疑惑。如果按照山蕭她們所說，木屋裡的人都喝了那個變身藥水，他們原先鎖定爲目標的小女孩理應會有其他變化，不是性別顛倒就是年齡改變。

……也許是那個藥水出現BUG吧，或是她眞的沒喝到藥水。

木森沒繼續深思，很快將這個問題拋到一邊去，「還必須再找一個人代替才行。」

「住在這間小木屋的有六個人對吧。」海湖回想著，「那麼就還有兩人在樓上，木森你上去看看。」

「是是是……」木森認命地上樓，一眼便瞧見了雙人床上的兩抹人影，「噢……」

床上因迷煙而進入深眠的是一男一女，兩人親密的姿勢看起來就像一對情侶。

棕色鬈髮的男孩子應該是今天下午見到的鬈髮女孩變的。

然後另一邊的那位黑髮美女……看樣子就是樓下那名小女孩的父親變的吧。

木森還記得房客中有一組父女檔，如此一來，屋內所有人都對得上身分了。

等等，為什麼這兩人會睡一起？還有那名小女孩為何是跟那群學生……算了，反正有替身能用就好。

「木森，你看好了沒？」海湖沒耐性地在樓下叫道。

「好了、好了。」木森遺憾地轉身下樓，向海湖她們報告一個不幸的消息，「沒有小女孩了，就只有一個。」

「什麼意思？」山蕭嚴厲地瞇起眼。

木森無辜地攤攤手，「樓上只有兩個大人，小孩子們全在一樓了。」

「怎麼這樣……」葉羊失望地嚷道：「我和小山都努力讓他們喝下藥水了，爲什麼偏偏……」

「算了，海湖妳把那個黑頭髮的小女孩帶走。」山蕭果斷地把人讓給葉羊她們，「讓她當小羊的替身。」

「那小山呢？小山妳怎麼辦？」葉羊急得眼眶都紅了一圈，「小山不找人的話，就得嫁給不喜歡的妖怪了……不行，我不要事情變這樣！」

「小羊乖，妳們先帶人回去吧。」

「我不要，小山沒找到人的話，我才不要回……對了，用其他人代替也可以呀！」

「其他人？小姐，什麼其他人？這邊不就只剩下……」

「我懂了。」木森恍然大悟，手指比向大通鋪，「反正都是小孩子，將就一下，假髮戴一戴，衣服換一換，還是可以冒充一下的對吧。」

「沒錯，我就是這個意思。」葉羊笑開來，眼含期望地看著山蕭，「小山，妳就選他們吧。」

「也不是不行……」山蕭沉吟一會還是答應了。

比起嫁給討厭的陌生對象，找男生來假扮自己似乎也是一個辦法。

「保險起見，木森你們還是挑兩個走吧。」海湖幫忙出著主意，「看打扮後誰適合，就讓那個當替嫁。」

「那就白頭髮的和棕頭髮的。」山蕭做出決定，「靠最裡面的那個看起來太弱了，估計一根手指就能把他推倒。」

木森深表認同，那個鬈頭髮的完全沒有他們小主人的英氣勃發，太容易就露餡了，而另外兩個倒是很符合小主人具備的凜凜氣勢。

「給他們戴上面具吧。」山蕭交代，免得路上被族裡人看到，引來不必要的麻煩。

「小山你們也有準備面具？好巧喔，我們也有。」葉羊爲兩邊的默契而忍不住眉開眼笑。

海湖和木森拿出帶在身上的面具，還不忘看一眼對方的面具款式。

海湖的面具以紅色筆畫勾勒出一個大大的羊字，木森的則是繪著山的圖案。

將面具給相中的目標戴好後，木森和海湖將人抱起。前者是一手拎一個，彷彿是拎著兩袋貨物；後者則是將人打橫抱起，給予了公主抱的優待。

臨走前，海湖沒忘記騰出手來把燈關掉。

隨著小木屋重新被黑暗籠罩，沒人發現到被公主抱的小女孩慵懶地掀開了眼皮，一抹犀利光芒在眼底閃耀。

小女孩慢條斯理地解開腕上的手環，指尖微動，兩簇被黑影包裹住的火焰悄無聲息地冒出。

一簇尾隨著山蕭他們的方向而去，另一簇，則是在大門關上之前，迅雷不及掩耳地竄入了小木屋裡。

第八章

小木屋內，時鐘上的螢光色指針規律地順時針轉動，時間無聲地流逝。

「唔嗯……」把自己緊緊裹在棉被裡的柯維安忽地發出幾聲夢囈，他翻了一個身，眉頭越皺越緊，下一刻，驀然睜開了雙眼。

「廁所、廁所……」被尿意憋醒的柯維安摸黑爬起，半睜著眼睛，憑著記憶靠牆邊走，以免不小心誤踩到同房的人。

就算猶處於半睡半醒的狀態，柯維安本能還是知道，要是真的一腳踩下去，他將面臨的是生命危險。

他在滿室漆黑中摸走到了廁所，他懶得開燈，直接拉下褲子好好地解放一番。

水聲淅瀝淅瀝地傳來，解放完的柯維安感到一陣放鬆，褲子拉好，按下沖水把手，來到洗手台前。

冰涼的水嘩啦地沖到了雙手上，刺骨的寒意讓他一陣哆嗦，人也清醒了不少，清醒到足以讓他注意到，放在水龍頭下沖洗的兩隻手……

似乎，有那麼一點不一樣。

柯維安眨眨眼，再用力瞇細眼，眉頭間的紋路深得像是能夾住蒼蠅。

然後，他終於確定，自己看見的是一雙小手。

柯維安站在原地，僵了好幾秒後猛然一個激靈，朝著記憶中該是電燈開關的位置用力拍下。

廁所內燈光瞬間大亮。

柯維安目瞪口呆地看著鏡子裡的自己，起碼比原先小了一半年齡以上，身高更矮了超過四十公分。

自己該不會是在作夢吧……

柯維安呆呆地往自己臉頰上使勁一捏，鮮明的痛楚讓他哀叫出聲。

這一喊，也徹底讓他的睡意飛走了。

柯維安倒吸一口氣，食指顫顫比向洗手台的鏡子，鏡內的小男孩也做出相同動作。

下一秒，柯維安雙手捧著臉，激動地直跺腳。要不是還記得現在是半夜，屋裡其他人都還在睡，他一定會控制不住地放聲尖叫。

因爲……

太太太太可愛了啊，年幼的自己！

柯維安恨不得能準備一篇千字小論文來誇讚自身的可愛。

不管是那圓圓的大眼睛、還保留一絲肉感的臉頰、鼻頭和頰上的少許雀斑，還有一頭翹得亂七八糟的鬈髮，全部都是怎麼看怎麼可愛！

「我簡直是我的夢中小天使。」柯維安無比陶醉地說，絲毫沒有因爲見到自己外表縮水而陷入驚慌失措。

一開始當然是有震驚的，可緩過來後，他便沉迷在鏡中人的可愛之中，難以自拔。

柯維安不用想都猜得出來，肯定是胡十炎暗地裡讓他喝下了那個變身藥水，才會導致現在的狀況。

一搞清楚原因，柯維安就更鎮定了。他馬上想到自己該做什麼，而且是迫在眉睫地要趕緊去做才行。

當然是拍照啊！

這麼值得紀念的畫面，不趕快拍下來，萬一等等就恢復正常了怎麼辦？

柯維安一溜煙跑回房間裡，躡手躡腳地回到了自己的床位，摸出手機。但按捺不住的興奮還是讓他伸出了罪惡的一隻手，打算推醒隔壁的一刻，好跟對方分享一下自己澎湃的喜悅。

然而那隻手卻摸了一個空。

「咦？」柯維安愣住，不死心地把手伸入被窩更深處，依舊什麼也沒摸到，「咦咦咦咦？」

如果剛剛柯維安沒去廁所，那麼他就會猜想一刻可能是去廁所了。偏偏他才從廁所回來，而且，這間小木屋也就只有一間廁所而已。

既然如此，一刻人呢？

柯維安忙不迭打開手機，利用螢幕發出的冷光一照。

一刻的床位上空空如也，只有手機靜靜地躺在枕頭邊。

「老大！蔚商白！」顧不得擾人清夢，柯維安著急地將手機往更旁邊一照，想叫醒房內的另外兩人，告訴他們一刻不見的消息。

然而另外兩張床墊上、棉被下也是扁扁的，一看就是沒人。

起初柯維安以爲自己眼花了，他迅速跳起，衝到電燈開關前，燈一打開，立即迎來滿室光明。

卻也讓柯維安的一顆心都涼了。

房間裡只有他一個人。

呆若木雞地看著空無一人的三張床墊，柯維安遲遲回不了神，他不明白爲什麼自己上完廁所回來，室友就集體鬧失蹤了？

不，等等……他剛醒來的時候，小白他們還在嗎？

柯維安努力回想，但那時意識模模糊糊的，一心只想快點去上廁所，壓根沒留意到其他三人究竟還在不在。

「該死！」柯維安一拍前額，強迫自己回神。

先不說胡十炎，一刻和蔚商白都不是半夜會瞞著人外出的個性。那麼一定是發生了什麼意外，才會讓他們此刻下落不明。

那麼問題又來了，倘若眞發生什麼事，爲什麼他會睡得不醒人事，對外界動靜渾然不覺？

柯維安皺起一張帶有嬰兒肥的小臉蛋，他雖然不是淺眠的人，但旁邊若眞有騷動，也不該毫無反應。

「啊啊啊，想不通……」柯維安煩躁地抓抓頭髮，決定不在原地繼續浪費時間，先去樓上確認情況再說。

起碼也要先確定蔚可可和秋冬語的安危。

「小可！小語！」柯維安也不管如今是三更半夜，他開了一樓大燈，邊上樓邊大聲呼喊，「小可、小語！妳們快點醒醒！發生不得了的……」

「大事」兩字還含在嘴裡，他震驚地站在樓梯口，看著雙人床上的兩抹身影。

人還在，問題是……尺寸不對啊啊啊啊！

「怎麼了，小安……這麼晚了你幹嘛？」蔚可可迷茫地坐起身，揉揉眼睛，聲音裡是濃濃的睡意。

「發生……什麼事了？」秋冬語也跟著坐起來，長髮順勢披散下來，她眼底清明得不可思議，彷彿從頭到尾都不曾眞正睡下去。

柯維安張張嘴巴，手指比比秋冬語，又比比蔚可可。

長大的秋冬語。

變成男孩子的蔚可可。

「我的媽啊……」柯維安喃喃地說，沒想到胡十炎那麼喪心病狂，居然讓自己女兒和女兒好朋友都喝下了變身藥水。

「小安你的聲音聽起來好像怪怪的……」蔚可可放下揉眼的手，當他一看清床前站著的矮小人影時，換他瞪圓了眼，所有睡意刹那間飛到九霄雲外，「小、小安⁉」

「對，是我。」柯維安舉起他變短又變小的手掌揮了揮，「小可，你沒有發覺你的聲音也怪怪的嗎？」

「我的聲音？等等，我的聲音！」蔚可可驚恐地摸上自己喉嚨，又震驚地發現掌心下碰觸到一處明顯突起，「爲什麼我的聲音聽起來比平常還要有磁性？小語，妳……」

蔚可可本來想問秋冬語，看自己身上起了什麼變化，可一瞧見枕邊人的模樣，頓時什麼話都忘記了。

他嘴巴開開的，手指控制不住地摸上秋冬語的臉，那是自從和怠墮一戰之後，就再也不曾見過的少女面龐。

「小語，妳長大了……妳長大了！」蔚可可眼眶一紅，激動難耐地朝秋冬語撲了上去，雙手緊緊地環抱住對方的背部。

這一抱，蔚可可瞬間也察覺到有什麼地方不對勁。

例如胸前。

以往和美少女版的秋冬語擁抱時，因爲胸部發育的關係，兩人之間的距離沒辦法眞的拉得極近。

但是現在，那個距離消失了。

蔚可可僵住，有種不妙的預感。他慢慢地鬆開手，稍微往後退，再慢慢低下頭……

「呀啊啊啊！我的胸部！」蔚可可驚悚地尖叫，雙手慌張地在胸前來回摸索，但平坦硬實的觸感給了他沉重又殘酷的打擊。

「可可，變成男孩子了？」秋冬語的語氣浮現罕見的驚奇，她摸摸蔚可可的臉，又摸摸他的胸前和手臂，黑亮的眸子閃閃發光，像見到新奇寶物的小孩子。

「那個，不好意思打斷你們，要摸等晚點再摸……」柯維安連忙出聲，正事要緊，「總而言之，我們應該是不知不覺中喝到了老大帶來的隨機變身藥水，我變小，小可變男的，小語變大。」

「那宮一刻他們呢？」蔚可可被子一掀，迫不及待地跳下床，「我哥是變女的還是變小孩子了？」

「很遺憾，我不知道。」柯維安沉痛地說，「他們不見了。」

「咦？」

「不見？」

「對，不見，失蹤，下落不明。」柯維安語速飛快地說，「我半夜上廁所的時候發現自己縮水了，然後回到房間裡，又發現老大、小白和你哥都不見了。最奇怪的是，在這之前我什麼不對勁都沒察覺到。」

「對耶……」聽柯維安這麼一說，蔚可可也感到事情不單純，「宮一刻他們不可能半夜自己亂跑出去又沒交代，但如果有人帶走他們，照理說，我們不該睡得那麼死，更何況我哥他們哪可能不反抗。」

「看樣子，有某種東西讓我們都睡死了。」柯維安做出推論，「我們先下樓，再找看看有什麼線索。」

「手機？」秋冬語舉起自己的手機。

「不行，小白他們的手機都還在床位上。」

爲了確認一樓是否有留下任何相關線索，柯維安他們快步跑下樓。來到客廳後，他們不由自主地呆立原地。

「啊……」柯維安喃喃地說，「好大、好顯眼的線索。」

「這是怕我們看不到嗎？」蔚可可揉揉眼，眼前的一切沒有消失，不是他的幻覺。

秋冬語拿出手機，直接拍照存下，以供之後參考。

在小木屋客廳的其中一面木牆上，一排焦黑大字龍飛鳳舞地彰顯著自己強烈的存在感。

「那個，牆壁燒焦的賠償費應該不會算到我們身上吧……」柯維安看著那面木牆，感覺冷汗都要冒出來了。

「老大有錢……」秋冬語堅定地說，「算他的。」

「賠償的事我們晚點再說吧，反正是老大要賠。」蔚可可果斷地把責任推到不在場的胡十炎身上，他上前幾步，看著對方留下的訊息，「老大說，有兩派妖怪入侵到屋子裡，分別把他跟宮一刻和我哥帶走了，不用擔心他這邊，直接去找宮一刻他們就行，到屋子外面就能發現有關他們下落的線索……」

「欸欸欸？有兩派妖怪？到底是誰啊，誰那麼想不開居然敢綁架老大？」柯維安難以置信，「覺得活太長也不是這種找死法啊。」

「會不會……對方根本不知道老大的身分呀？」蔚可可猜測，「但是他們為什麼要綁走老大他們？」

「不行，我完全想不明白……」饒是柯維安絞盡腦汁，也找不出他們這一路上是和誰結了仇，才會導致這場綁架案的發生。

他們明明就是在銀牙灣沙灘上散散步、看看海，最多是晚上還玩了一場打鬼遊戲。而且，綁架犯竟然總共有兩股勢力。

柯維安煩惱得都快把頭髮揪掉了，他在原地轉著圈，試圖從更細微的小地方去尋找任何一絲可能。

「啊，該不會是因爲我們踩在人家骨灰上面。」蔚可可突然語出驚人。

「骨灰？」

「對啊，銀牙灣傳說裡不是有提到，山之民和海之民中有一對相戀卻不被祝福的情侶，他們最後犧牲自己，所以天神大受感動，讓他們的身體化成了銀白色的沙子。你看，山之民、海之民，正好不是兩股勢力嗎？」

「我居然覺得你說的很有道理……不不不，不可能是這個理由的。」柯維安急忙把被帶偏的思緒拉回來，不過蔚可可的意見也給了他一個新思路，「要是踩在沙子上就被報復，那山之民和海之民根本報復不完吧，這地方可是一個觀光勝地。」

「喔……」被打槍的蔚可可也不氣餒，他愛情小說看得可多了，按照常見的劇情就是……「也許是山之民和海之民的族長兒女要結婚了，但雙方不滿意彼此，所以決定爲自己找替身，躲過這段無視當事人意見的婚姻？」

柯維安沉默，忍不住覺得這個看法比起上一個還更有可信度。

糟了，他差不多要被說服了。

「慢著，假如是這樣的話……我們只是先假設喔。」柯維安乾巴巴地說，「假如那兩族還沒支持多元成家，依舊遵照著結婚需要一男一女的傳統習俗，呃……」

蔚可可霍地領悟過來，他和柯維安大眼瞪小眼。

所以說，誰變成女的了？

「我哥、宮一刻，還是老大？」蔚可可捧著臉驚嚷，「而且有一邊是綁了兩個人吧？為什麼會要綁到兩個人啊？他們是想玩三人行嗎？」

感覺再深思下去會很可怕，柯維安強制中止了討論，眼神往旁一掃，發現不見了秋冬語的身影。

「小語呢？」他大吃一驚，深怕又一名同伴不知不覺地下落不明。

「在外面呢。」蔚可可趕忙安慰他，「小語剛剛先走到屋子外查看了。」

蔚可可話聲剛落，話題主角的聲音緊接著便響起來。

「可可，到外面前……」秋冬語探進半個身子，對屋內人說：「要記得穿暖一點。」

「小語，我呢我呢？怎麼沒有提醒我？我還是妳愛的小柯嗎？」

「嗯，別問，問就是……」

「停，不用說了，我不問了。」柯維安迅速喊停，拒絕聽見殘忍的眞相。

他和蔚可可各自回房換了衣物，穿了保暖的外套，順便還塞了兩件外套到自己的電腦包，這才踏出小木屋。

離開充滿暖氣的溫暖小屋，柯維安和蔚可可不約而同地縮起肩，雙手藏在口袋裡。

「冬天的海邊，果然超級冷……」柯維安說話間吐出一口白氣，「我們到底是爲什麼要跑來這裡玩？」

「小安你說錯了。」蔚可可糾正，「你是被帝君踢過來撈海參的，我們和宮一刻才是過來這玩的，不過寒流眞的好冷冷冷……」

「我可以抱著可可……就不會冷了。」秋冬語張開雙手。她如今使用的身體是新版擬殼，對外界的溫度變化沒有特別感覺，也可以說，她的體內一直是處於恆溫狀態。

蔚可可看了一眼那滿是誘惑的懷抱，總算理智還在，畢竟抱在一起便很難行動，也沒辦法盡早找回一刻和自己兄長了。

「小語，妳在外面有什麼發現嗎？老大要我們到屋外看。」

「有的，地上……」

蔚可可和柯維安聞言往地上望去，頓時見到一個深怕別人看不見的超明顯提示。

一個焦黑、如同被火燒燙過的指路箭頭明顯烙印在路面上。

「更前面……還有箭頭。」

「明白了，就是照著箭頭走就對了吧。」柯維安打開手機的照明功能，沿著留給他們的箭頭一路看過去。

箭頭最後的方向，指向了被濃濃闃黑籠罩的深山裡。

突然落在身上的冰冷水滴讓一刻忍不住一顫，起了一身雞皮疙瘩，連帶地也讓他清醒過來。

他眨眨眼睛，陡然發現到臉上似乎被戴上什麼東西。

搞什麼鬼？是柯維安還是胡十炎弄的嗎……一刻皺著眉頭，伸手往臉上一抓，這才發現戴在臉上的是一個造形奇異的面具，上頭以青綠的顏色畫著山林的圖紋。

面具一拿下，一刻猛然察覺到事情不對勁。

他此時身處的地方，很不對勁。

這裡不是小木屋的大通鋪房間，甚至不在小木屋裡，放眼望去，全是冷冰冰的暗沉岩壁。

神使的敏銳視力讓一刻立即辨認出來，自己眼下正身處在一個洞窟內。

見鬼了，明明是在屋裡睡覺，爲什麼一睜眼就跑來這個冷得要死、還沒什麼照明的鬼地方？

一刻心裡罵罵咧咧，隨手要將面具往旁一丟，但還沒扔出去，就先僵在半空中。

一刻呆呆地看著自己的手。

小小的、還有一點肉肉的……不管怎麼看，都不像原本自己的手。

「幹幹幹！」一刻脫口罵道，不祥的預感讓他飛快往自個兒身上摸了一圈，然後，僵立當場。

他，宮一刻，大學生……現在他媽的竟然縮水了！

開什麼玩笑啊！

一刻大口大口地深呼吸，努力讓暴怒的情緒稍微安定下來。他第一個直覺猜測是胡十炎趁他不注意時，偷偷對他下藥。

一刻驀地低下頭，拉開褲腰檢查，沒有缺少任何配件讓他頓時鬆了一大口氣。

起碼只是變成小孩子，而不是中籤王，縮水還兼性轉。

一刻拍拍胸口，打算再仔細打量周遭環境，沒想到一扭頭，就發現不遠處的陰影裡赫然還坐著一個小孩子。

是自己人嗎？還是……一刻心存疑惑，謹慎地往那處慢慢接近。雖然他能大致看得清楚對方是個六、七歲左右的小男孩，但還是忍不住想拿出手機，打開手電筒功能。

只不過他身上穿的睡褲可沒口袋，自然也摸不出個什麼東西。

確認沒帶手機在身上後，一刻眉頭擰得更緊，在這種狀況下，他要怎麼與自己的同伴聯絡？

除非有人跟他一樣，也被扔到這個莫名其妙的……

一刻謹慎地走過去，先觀察一陣，確認那個小孩子沒有任何動靜，再飛也似地伸手摘下了對方臉上的面具。

「我操！蔚、蔚商白!?」不能怪一刻結巴了一下，畢竟冷不防看見小男孩的臉長得如此熟悉，看起來就是朋友的幼童版本時，他整個人都震驚得像被雷劈了。

年幼的蔚商白靠著岩壁昏睡，沒有鏡片的遮掩，看得出睫毛很長，面容俊秀中帶著稚嫩，絲毫沒有以往清醒時的嚴肅風範。

鮮少有機會能看到沒戴眼鏡的蔚商白，一刻不免覺得有幾分稀奇。

他繞著蔚商白走一圈，對方和自己同樣穿著睡衣、打著赤腳，外表看起來安然無恙。

保險起見，一刻先把這一區都繞了一遍，確定就只有自己和蔚商白，柯維安他們都不在這裡。

如果說，最開始猜測這是胡十炎的惡作劇，那麼一刻現在已完全打消這個想法了。

胡十炎在對待自己人時，做事會拿捏好尺度的。

就算他真的暗中讓他們喝下了變身藥水，也不可能把兩個小孩子直接扔到天寒地凍的地方。

恐怕是……在他們睡著途中出了某種變故，才會讓他們落到此刻的處境。

在弄清究竟是誰對他們出手之前，一刻現在有更重要的事必須優先處理，他來到蔚商白面前，伸手推晃起對方。

「蔚商白，喂，蔚商白！」

他急著想把對方喚醒，然而小男孩就像是沉入了極深的夢境裡，遲遲未張開眼。

一刻沉下臉，他認識的蔚商白可是個淺眠的人，稍有一點動靜就能醒來。看樣子，那個幕後黑手對他們動了某種手腳，才會讓他們對外界的變化毫無知覺，被人從小木屋移到了這個不知何處的洞窟中。

眼見蔚商白依然沒有反應，一刻深吸一口氣，拉高分貝，「蔚商白——」

驚人的音量在洞窟裡迴響著，棕髮小男孩前一秒還緊閉著的雙眼霍地睜開。

蔚商白即便外觀變得稚幼，可睜眼時，射向他人的目光依舊鋒利凜冽得很，彷若一把磨得發亮的劍刃。

只不過，那冷意在見到面前的人影時，迅速散逸，轉成了一絲不確定。

「……宮一刻？」

「對，是我，我們半斤八兩，你自己也差不多。」

「怪不得視線高度有變。」蔚商白低頭看看自己的雙手，又摸了下臉，接著才站起身，目光重新落至一刻臉上，「你的臉有點像包子，可以捏一下嗎？」

「幹！你才包子，你全家才包子！」一刻惱火地說，「要捏不會捏你自己。」

「你的看起來手感比較好。」在一刻惱羞成怒之前，蔚商白轉移了話題，「我們在哪？發生什麼事了？」

「問得好，老子也想問。我醒來就在這了，目前沒看到我們以外的人，我也還沒到外面看過。我沒手機，你應該也沒吧？」

「正常人睡覺不會把手機放身上的。」

「你現在沒戴眼鏡，能看得清楚嗎？」

「還可以，都能看出你的臉像包子了。」

「包你老木啊！別再給老子繞包子這個話題了……媽的，冷死了。」一刻搓著雙手，在原地蹦跳幾下，試圖讓自己暖和一點。

十二月的嚴冬絕對不容小覷，雖說洞內沒有冷風直接灌進來，但空氣中的冰冷已足以凍得人起一身雞皮疙瘩。

「先使用神力看看，讓神紋出現。」蔚商白冷靜提議：「也許就不會那麼冷了。」

隨著左手無名指神紋亮起，一刻驚喜地發現還真的比較不冷了，「有用！」

「我看東西也更清楚了。」蔚商白張握手指，手背上的深綠圖紋宛若攀繞的植物枝蔓，「這裡面都檢查過了嗎？有發現什麼線索？」

「我只檢查過這地方還有沒有其他人而已。」一刻說。

「預防萬一，我們還是仔細點。」蔚商白召喚出一把長劍，當他的神使武器一出現，不只一刻，連他自己也愣怔了一會。

長劍的大小跟著主人一塊縮水了，尺寸如今看起來倒像一把玩具劍。

「該不會……」一刻連忙也召出白針，果然如他所料，他的武器也成了兒童用尺寸了。

雖說威懾力減弱幾分，但比起原來的，的確更適合他們所用。

「還眞貼心啊……」一刻喃喃道。

蔚商白提起長劍，劍身上碧紋驟亮，甚至還飄散出點點螢光，乍看下猶如一隻隻螢火蟲飛進了洞穴裡。

岩壁被碧光映亮，壁面上紋路凹凸盡顯，隨著光源一路映照，一刻他們在其中的一面岩壁上發現了大片刻字。

然而那字體卻不是現今使用的繁體字。

「小篆？」一刻也將白針湊近，增加光照範圍。

「有辦法看得出上面在寫什麼嗎？」

「勉勉強強，感謝我的訓詁學老師吧，每個禮拜都要來個默寫小考一次。」

一刻瞇著眼，費了一番工夫，總算是解讀出主要含意。

「這好像是在講，一種契約的流程……選好日子之後，新娘或新郎就要先獨自待在這個山洞裡，戴上面具，等到月亮升到最頂端的時候，再由挑選好的幾名族人陪同，前往約定之岩，和契約對象見面，在見到面之前，不能露出臉……」

一刻和蔚商白不約而同地往之前他們坐著的位置望過去，兩張面具正靜靜地躺在地面上。

「應該不是我想的那樣吧……」一刻木著一張臉，語調平直地說。

「最好不要。」蔚商白素來淡然的表情也有一絲裂縫。

從壁面上的訊息來看，被綁來此地，還被戴上面具的他們，簡直就像是要成爲契約中的一方。

「但爲什麼是抓了我們兩個？」

「如果可可在，她會說也許對方想來個三人行。」

「靠杯的三人行。」

「先不管是幾人行，都提到新娘、新郎了，那個契約就是結婚契約吧。還有約定之岩，你不覺得聽起來有幾分熟悉感嗎？」

一刻先是一愣，隨即睜大眼。

婚契、約定之岩……這不就是銀牙灣傳說裡出現過的嗎？

「山之民和海之民是真的存在？所以我們是被綁過來抓交替……啊呸，說太快，是當……」

「代嫁，代娶。」

「嫁個屁，我們是男的。」

「誰知道，也許這兩族也跟著進入多元成家的時代。」

「算了，管他是哪一個。」一刻不想在這上面多討論，免得越說越火大，「能把我們弄到這來，山之民和海之民估計是妖怪。但是胡十炎和我們睡一起，居然連他也沒發現嗎？」

「如果我沒記錯，他的手環好像沒摘下來。」

「幹。」一刻只有這麼一個言簡意賅的感想。

「按照石壁上記載，晚一點就會有其他人過來這裡了，我們得抓緊時間。」蔚商白抓著一刻的手，大步往洞外走，「而且抓我們的人，顯然是山之民。」

「你怎麼知……」一刻的問話戛然而止。

洞外一片陰森，密集又高大的樹木彷彿夜間的守衛，黑壓壓的天幕則壓在最上頭，只能捕捉到一角月亮的影子。

一刻沉默地往四周看去，他們就像是被無邊無際的夜色和林木包圍住，更後方是巍巍綿延的群山。

他們被丟在山上的森林裡。

第九章

就算還不能確定自個兒被抓來是爲了代嫁還是代娶，或是眞的倒楣到一個極致，才被順手拎了過來，一刻和蔚商白都同意一件事。

先設法下山再說！

山之民，顧名思義是生活在山中的子民。即使尚未知曉他們的眞正身分，但山上想必就是他們的地盤，必須盡快遠離才能更加確保自身安全。

雖說目前變爲小孩子，但有神力在身，兩個小男孩跑起來依舊飛快。濃濃的夜色沒有阻礙他們的視力，他們的身形矯健，俐落地穿越突起的樹根、崎嶇不平的地面。密集的樹冠遮擋了天空，讓人瞧不清如今月亮的高度。

偶爾能聽見淒厲的啼叫聲和沉悶的吼叫聲，幢幢樹影中似乎躲藏著駭人野獸。

一刻兩人不知道山之民什麼時候會到他們剛才所待的山洞，最好的發展就是雙方沒有碰上，他們順利地回到小木屋。

如果中途出了意外，那麼……

要打就來打吧，誰怕誰！

而上天顯然不打算讓一刻和蔚商白的行動那麼順利。

跑了一陣之後，蔚商白率先發現不對勁，「我們好像又回到原地了。」

「什麼？」一刻愕然，旋即他也注意到，前方不遠處正是他們不久前才脫逃出來的山洞，「媽的，見鬼了！」

「或者你可以說，鬼擋牆。」蔚商白停下腳步，既然被困住，那麼此刻再跑只會像是無頭蒼蠅一樣白費力，「山裡恐怕設有某種結界或限制，才會讓我們在原地打轉。」

「媽的……」一刻繃著臉，現在倒是巴不得山之民主動出現在自己面前了，這樣他就能動手出氣。

這念頭幾乎剛掠過他心底，他的背脊忽地便爬上一股戰慄。他猛地轉過身，白針對著黑黝黝的樹林方向。

下一秒，蔚商白也看見了。在離他們幾公尺遠的粗大樹枝上，赫然有一抹魁梧身影，乍看下，就像是一個壯碩的男人蹲踞在那。

只不過，普通人的雙眼是不會發出異光的，在夜色下宛若兩盞青碧鬼火。

蔚商白心念一動，劍身上瞬間飄出點點螢光，飄飛至高處，映亮了上方的幽暗。

一刻他們此時清楚瞧見了那道身影的眞實模樣。

牠身上毛髮茂密，體毛呈現橄欖色，脖頸周圍是一圈白毛；面部上有紫色、紅色、藍色等線條，鮮艷繽紛。肌肉發達，光是蹲立著就差不多逼近一公尺半，不難想像完全直立起來時帶來的壓迫感會是何等驚人。

「狒狒？」一刻脫口說道。

蔚商白否定，「不是，那看起來更像是山魈，世界上最大的一種猴子。」

「山魈？」一刻只覺得這兩字聽起來異常熟悉，「山魈、山蕭……等等，那個綁馬尾的小女生，她叫山蕭，這之間不會有什麼關聯吧？」

「不知道。」蔚商白實事求是地說，「這得問本人才清楚，不過……」

「不過什麼？你他媽的能不能一口氣說完？」

「耐心，宮一刻。別在心裡罵你好煩喔，也別一臉爲什麼你猜得出來的表情。山蕭和葉羊曾經在沙灘上問我們是不是單身，以初次見面的陌生人來說，這問題太過突兀，而一旦假設她們是山之民或海之民的話……」

一刻頓如醍醐灌頂，「她們想找人當婚契的替身，才會先問我們有沒有對象！」

該不會，那兩個小屁孩眞的就是……

不待一刻兩人推論出具體的答案，樹上的山魈猝不及防地仰天長嘯一聲，露出的尖牙看起來無比駭人。

巨猴嘯聲一下便傳了出去，如同巨石砸進無波的平靜水面，激起一陣滔天大浪。

他們很快聽見騷動聲由遠而近地傳來。

越是接近他們，越能聽得出來是急促的奔跑聲和說話聲。

一刻和蔚商白對視一眼，確認彼此隨時都能進入戰鬥狀態。

腳步聲更近了。

三、二、一！

隨著兩道人影從陰暗的密林內奔出來，飛舞的螢光也映出了他們的臉，分別是戴著球帽的馬尾小女孩，以及一名頭髮挑染成灰紫色的少年，後者手裡還抱著一堆東西。

「山蕭！」一刻眼神凌厲，氣勢不因外表年紀變小而減弱，「還有那個誰……」

「民宿的小管家，木森。你的臉盲症還沒好嗎？」蔚商白給予友情提示，目光同時掃過木森手上抱著的物品。

疑似是裙裝的衣服、小鞋子，還有假髮。

「煩耶，早就好很多了，一下子認不出來不行嗎？」一刻一時惱羞，厲了蔚商白一眼，又再怒瞪向山蕭他們，「山蕭，你們到底想幹嘛？不想被揍的話，現在立刻就讓我們下山！」

「抱歉，沒辦法呢。」出面回答的是木森，那張年輕俊秀的面容露出歉意的微笑，「小主人需要你們其中一人來當她的替身。」

「替你老木啊！」

「小朋友，冷靜點，別拿玩具對著我們，雖然不曉得你們是藏在哪裡帶上來的。」

「木森，趕緊把他們打暈，衣服和假髮給他們套一套，看誰適合，就扔去給海之民那邊。」

「妳需要我們當替身？我操你媽的！妳自己不想嫁，憑什麼拖人下水？」一刻破口大罵，不因爲面前的是小孩子就有所收斂，「妳把其他人當成……」

「我有事想先弄個清楚。」蔚商白伸手按住一刻肩膀，暫時打斷對方的怒焰，「你們是山之民對吧，是你們讓我們變成這樣的？我們的其他同伴呢？」

「小主人，既然要讓他們之一當替身的話，就讓他們在代嫁之前弄明白吧。我們只帶走你們兩個，至於你們會變成這樣，得多虧你們自己帶來的神奇藥水。」木森搶在山蕭不耐之前，出聲說道：「看樣子，你們已經知道我們的身分。」

「我們也沒想到銀牙灣傳說會是眞的。」蔚商白說，「你的小主人不想嫁給海之民的人，所以你們暗中下藥，是趁我們晚上外出的那段時間吧。只是我不能理解的是，爲什麼是抓了我們倆過來？」

「唯一的小女孩讓給小羊了，剩下的我也只能將就。反正假髮一戴、嫁衣穿好，再戴上面具，沒人知道眞正嫁過去的會是誰。」山蕭像受不了他們拖拖拉拉的，直截了當地說道。

「妳的責任心呢？妳的擔當呢？妳從沒替自己的族人考量過嗎？事情一旦曝光，會引來什麼後果，妳從沒想過嗎？」蔚商白語氣淡然，可每一字每一句都是咄咄逼人，散發著迫人的威壓，「當然，也可能是我不該強求幼稚的小鬼懂得這些。不管是妳或是幫妳的人，都是幼稚得讓人不忍直視。」

木森失笑，「你們想得太嚴重了。小主人還小，婚契的過程出點意外，例如人類小孩子好奇心重，闖進山洞內，結果被誤當新娘子帶走，這也不是什麼罕見的事，你們說是嗎？當然，人類小孩子中途受到驚嚇，說不出話來，更是正常得很。」

一刻聽出來了，對方擺明就是要強行押著他們其中一人去當代嫁新娘，還不准他們有機會開口辯駁。

「你們這些混帳……」一刻拳頭捏緊。

「就怪你們是人類，還闖進了一間只給妖怪住宿的民宿吧。」木森同情地說道。

「木森，你的廢話真的太多了，晚點其他人就會過來了。我的守衛啊，在引起注意之前，快點解決他們。」山蕭從懷中拿出一枚鈴鐺搖動。

叮鈴、叮鈴……

清脆的鈴聲下一剎那匯聚成一片，密密麻麻的，好似有無數鈴鐺同時響起。

立在山蕭二人後方的山魈登時興奮起來，轉頭朝後方的陰暗處急切低吼。

下一剎那，多道影子如鬼魅般自林內竄出在多根樹枝上，瞬也不瞬地盯視著底下的兩個小孩子。

更多山魈將一刻他們團團包圍住。

「我的守衛沒那麼聰明，而且只聽我的命令，在完成命令之前牠們不會停手的。」山蕭拉拉帽簷，冷酷地說，「你們最好乖乖被牠們打昏，免得吃了苦頭。」

「不如妳先作個夢。」蔚商白沉著回應，簡潔的句子卻是濃濃的嘲諷風格。

「抓住他們兩個！」山蕭勃然大怒地吼道。

「順便告訴你們，我們手上拿的可不是玩具。」一刻露出了猙獰的笑容，無名指上的神紋霎時光芒再次閃動。

在眾多山魈凶猛撲下之前，不再掩飾的神力毫不客氣地釋放出來——

木森和山蕭聽說過有一種人類極爲特殊，他們被神明選上，被賦予神力，成爲神明在人間的使者，專門消滅讓妖怪也萬分厭惡的另一種妖怪——瘴。

而這種人，被稱爲神使。

他們聽說過，也知道這種人相當稀少，可是他們無論如何都沒想到……

他們綁回來的這兩名人類，居然就是神使！

木森的閒逸早已完全褪去，他苦著一張臉，看著眼前已阻止不了的混亂。

接收到山蕭命令的守衛們朝兩名縮水的神使展開了攻擊，牠們發出凶暴的吼叫，露出的尖牙鋒利又嚇人，看起來一咬就能撕下獵物大片血肉。

假如牠們面對的是普通人類，木森篤定牠們一定能做到。

偏偏牠們面對的是神使。

就算身高、體型縮水，靈活度和暴力度似乎沒減少幾分的神使。

這些山魈是山蕭的私人守衛，牠們比尋常野獸聰明一些，但終究只是野獸，碰上如此狡猾又難纏的對手，用不了多久就能發現牠們逐漸屈於下風。

木森還能看出來，兩個小神使甚至已經手下留情了。他們手上鋒利的武器主要是用來防備，鮮少真正地在山魈身上造成血淋淋的見骨傷口。

山蕭臉色鐵青，她握緊拳頭，隨後飛身闖入戰場，擋在自己守衛的面前，「一人做事一人當，我是山族的山蕭，有本事就衝著我來，別去找木森和我守衛的麻煩！」

「狗屁的一人做事一人當，蔚商白說錯了。」一刻煞住腳步，吐出一口氣，勾起了

狠戾的冷笑，「妳不是幼稚，妳是徹頭徹尾的膽小鬼！」

「閉嘴！我不是、我不是！」山蕭像被踩到痛處，「你根本什麼也不知道，你什麼也不懂！」

不懂她突然被塞了一個未婚夫的無措，不懂當她知道自己必須去和陌生人舉行婚契的驚怒；不懂她的百般不甘願，更不懂她想要和葉羊在一起的心情。

流傳下來的習俗逼迫她，身爲族長的父親也逼迫她。

閉嘴閉嘴閉嘴，通通都給她閉嘴……

劇烈的情緒翻湧，猶如一個巨大的漩渦要將山蕭吞噬殆盡。

「宮一刻。」蔚商白率先注意到山蕭的異樣，「快看她的胸前。」

「幹！」一刻髒話當場飆出來，他看見山蕭的心口處冒出了一條黑線，且黑線生長的速度越來越快。

再一眨眼便已觸及地面。

來不及了。

「快滾開！」一刻一腳粗暴地踢飛木森，讓他遠離危險，「蔚商白，瘴來了！」

木森一時像忘記自己身上的疼痛，他呆若木雞地看著山蕭的腳底下衝出了一抹巨大黑影。

那影子就好像一條漆黑的魚，飛躍至山蕭頭頂，再猛然一個扭身，張開了大嘴，將底下的瘦小人影一口吞沒。

「小主人！」木森驚恐地想要撲上前，但他們之間的距離太遠。

而一刻扔出的白線已經直沖上天。

白線倏地脹大，精準繞過多隻山魈和木森，將一刻他們圈圍在另一邊的區域當中。

被白線圈住的景物產生剎那疊影，緊接著又恢復原狀。

然而對沒有被納入結界中的木森來說，一切皆已不同。

在他面前，一刻、蔚商白，還有被黑暗吞入的山蕭都消失了。

失去獵物身影的山魈們茫然地東張西望，再嘀嘀咕咕地湊在一塊討論，沒一會就得出主人自己抓到獵物，不需要牠們動手的結論。

既然如此，這裡也不需要牠們再待著了。

覺得自己推論正確的山魈很滿意，紛紛轉身離去，身影重新隱沒在樹影之中。

木森也顧不得理會那些巨猴的去向，他滿頭大汗，跌跌撞撞地往山裡跑去。

事情徹底脫序，他必須……他必須去找族長才行！

一刻和蔚商白一架好神使結界後，立即警戒地和那團蠕動的黑影保持安全距離。

果然就如他們所料，隨著黑影形狀改變，從大變小，再一口氣膨脹的瞬間，強勁的氣流跟著朝四面八方噴射，掀起了一陣劇烈的衝擊波。

假如一刻他們沒有事先後退，恐怕此時就會遭到不小波及。

漆黑的色彩漸漸地從那抹龐然身影上剝落，露出底下之物的面貌。

那彷彿是一隻更加巨大的山魈，身高足足超過三公尺，一掌揮下似乎能輕易把人搧飛出去。一身濃密的橄欖色毛髮，頸間圍繞著一圈白毛，面部匯聚著多道色彩，但整體比起一刻兩人先前見到的山魈偏淡。

除此之外，這隻龐大的怪物身後還伸展出一對蝠翼般的翅膀，翅膀上的薄膜分布著一條條粗大的青色血管，能清楚看見血管不時收縮鼓脹，血管匯集的節點上，則有一道白色的月牙形狀。

瘴霍地張開雙眼，流露出裡頭猩紅似血的不祥光澤。

與此同時，翅膀上的月牙痕跡也一併撕裂開來，成爲一張張布滿利齒的小嘴巴。

瘴張開血盆大口，狂暴地嘶吼一聲，迅猛地朝一刻他們所在之處衝刺過來。

一刻和蔚商白對視一眼，默契早在多年以來的相處中生成，即使沒有交談，他們也能立即明白彼此的想法。

他們搶先一步往另一個方向奔躍，好讓瘴主動遠離神使結界的邊界。

瘴毫不猶豫地邁步追了上去，它擺動四肢，重重地踩踏在地面上，激起沉悶聲響，山林中的大地似乎都跟著產生了震晃。

似乎是嫌棄四周的枝葉太礙事，瘴一邊追逐，一邊揮動翅膀。

暗色蝠翼宛如鋒銳的兩把大鐮刀，將上層的樹枝、樹葉割得七零八落，不時砸墜下來，又是一陣令人心驚膽跳的聲響。

一刻和蔚商白對那些聲音充耳不聞，他們首要的目標是把瘴引得更遠一些。

而他們也達成了這個目的。

一來到更加寬闊、足以讓他們好好施展身手的空間，一刻兩人馬上採包夾方式。

另一把長劍亦出現在蔚商白手中，他手持雙劍，腳尖一點，疾速地迎向了那隻巨大山魈。

另一邊的一刻同時也採取行動，白針重重一揮劃，一道月牙形的白痕快如閃電地襲向了共同的敵人。

面對兩方夾擊，瘴的躲閃頓時顯得左支右絀。

一刻和蔚商白步步進逼，不給瘴有喘息的空間，鋒利的白針、長劍在高空中留下一道道一閃即逝的弧光。

瘴眼底血紅更盛，怒火在它心中焚燒。

翅膀上的血管突然鼓動起來，像是幫浦抽動，下一剎那翅膀上所有嘴巴一張，噴吐出一束束白色利芒。

一刻他們來不及看清那是什麼，只能先憑本能閃避。當他們落足至安全位置，這才發現那些白色利芒赫然是一簇簇利針。

假如閃得慢了些，只怕身上就要被插成一隻刺蝟了。

一刻彈了下舌頭，與蔚商白果斷選擇了從瘴的背後進攻，打算以此迴避那些嘴巴再吐出扎人的利針。

卻沒想到那些嘴巴竟一併移轉了方向，它們從翅膀正面來到了翅膀背面，無數白針瞬時像暴雨般朝一刻和蔚商白兜頭灑下。

這回攻擊的範圍更廣，就算兩名神使想往安全處躲，也要先挨上一波針刺。

說時遲、那時快，一道紫影破開黑夜，比瘴的攻擊還要快一步地來到了一刻他們身前。

驟然張開的蕾絲洋傘就像一朵最堅固又最耀眼的淡紫花朵，將後方兩個小男孩擋護得嚴嚴實實，爲他們承擔下來自外界的傷害。

「誰！誰！」瘴憤怒地咆哮，背上蝠翼焦躁拍動，翅膀上的無數張嘴巴都在尖銳地斥罵、詛咒。

「我……」洋傘被移開，露出了傘後的纖細身形和一張面無表情的清麗臉蛋。

「秋冬語？」一刻一看見自己熟悉的同伴，錯愕迅速爬上心頭。他飛快扭過頭，與蔚商白交換震驚的眼神。

假如秋冬語在這，那麼被葉羊帶走的小女孩究竟是……

暫且壓下內心的驚疑，一刻朝蔚商白又使了一記眼色。

等到穿著令人想到魔法少女華麗服裝、戴著寬邊尖頂帽的秋冬語將傘往下移，被保護在後方的兩個小男孩如離弦之箭竄出。

這一次，換他們殺得瘴措手不及。

一刻與蔚商白合作無間，兩人速度飛快，轉眼已逼至瘴腳下，隨著利光驟閃，鮮血也大股從被切割開的傷口噴灑而出。

劇痛讓瘴發出尖嚎，它怒火中燒地跺著腳，想把那兩個煩人的小矮子踩成肉醬。

偏偏一刻二人身手矯健，滑溜得像抓不住的魚。

幾次下來，反倒是瘴頻頻踩空，身上增添越來越多傷口。

隨著痛楚越漸加劇，瘴的理智也被憤怒燒灼得差不多沒了，它一心只想抓住一刻和蔚商白，想將他們高舉至空中，再狠狠地扯碎他們的手腳，讓內臟從裡頭嘩啦嘩啦地落下。

一刻他們自然不知瘴的想法，就算知道了也不爲所動——反正瘴對神使都是抱持著差不多的看法，差別只在於血腥暴力程度不同罷了。

注意力都放在一刻二人身上的瘴，反倒忽略了秋冬語的存在。

在它看來，那名打扮古怪的少女雖有一把堅固異常的傘，可看她弱不禁風的模樣，只怕連戰力也稱不上。

瘴在片刻後就爲自己的大意付出了巨大的代價。

它萬萬沒料想到那把蕾絲洋傘在秋冬語手中，竟也可以像無堅不摧的利劍。

秋冬語身姿飄渺，像雲像霧令人捉摸不住，可下一瞬又能像強橫的暴風，與她的洋傘挾帶著驚人的殺傷力，一舉將瘴的一隻翅膀撕裂開來。

少了一邊翅膀對瘴而言無異是偌大的傷害。

它完全陷入狂暴，不管周遭是什麼，只瘋狂地展開破壞。

「它是瘴……再來得靠你們。」秋冬語反應迅速地撐開傘面，擋下了從上落下的殘枝斷葉。

一刻與蔚商白都明白她的言下之意。

想要眞正消滅瘴，讓宿主回復正常，必須依靠神使的武器。

蔚商白手腕一轉，兩柄長劍瞬間疾射出去，精準地洞穿了瘴形似人類手掌的兩隻前肢。

「秋冬語，扔出妳的傘！」一刻大喊一聲。

「了解……」秋冬語打開洋傘，俐落地將之往空中揮甩出去。

一刻抓準機會，敏捷地往上一跳。如今他個子縮水，爆發力比以往還是少了些許，但半空中的洋傘正好可以成爲他的輔助。

大張的洋傘猶如一朵盛開的紫色大花，一刻腳尖一踩，借力把自己送往更高處，他來到了瘴的頭頂上方。

他要的就是這個高度！

瘴連最後的反擊都來不及，瞠大的猩紅色眼睛裡倒映出亮如閃電的鋒芒——

第十章

月光穿透了茂盛的枝葉，照亮了山裡的一角。

揮出了雷霆萬鈞的最後一擊，一刻也差不多被抽光力氣，畢竟他現在這個身體是小孩子尺寸，體力終究弱上不少。

他也顧不得會弄髒睡衣，直接癱平在地上，胸口一時劇烈起伏。

比起他，蔚商白的狀況還稍微好一些，不過也只好那麼一點而已。

蔚商白選擇屈膝坐在地上，坐姿也不像一刻那般豪邁，反倒透著一絲不苟的感覺。

在他們不遠處，則還躺著另一抹瘦小人影。

不再被瘴寄附的山蕭一動也不動地躺著，雙眼緊閉，似乎還沒回復意識。

全場唯有秋冬語還站著，她筆挺的站姿令人想到娉婷盛綻的百合花。她的目光落在遠處，突然間，她輕輕說了一聲。

「來了。」

誰來了？一刻和蔚商白反射性朝秋冬語凝視的方向看過去。

「小白！」

「宮一刻！老哥！」

急切的大叫聲隨後而來，聲音的主人很快也出現在一刻他們的視野當中。

變小的柯維安和變成男孩子的蔚可可，大步地朝一刻三人跑來。

一跑近一刻身邊，柯維安就像沒了續航力的電池，「啪唧」一聲地趴倒在地。

「不行了，累死我了……」柯維安抬起頭，氣喘吁吁地說，「要小白抱抱才有辦法爬起來……」

「你還是一輩子趴著吧。」一刻真心地建議。

「天啊天啊……變小的老哥！我哥真的變小了！呀啊！真可愛！」蔚可可興奮地跺著腳，「可以先拍照嗎？我有帶手機，立刻來拍吧！」

「只要你有勇氣承擔之後的後果。」蔚商白輕飄飄地傳來一句，話語中帶的警告意味瞬間讓蔚可可心裡涼颼颼的。

蔚可可摸向手機的手指一頓，接著試探性地又問了一句，「那我只拍宮一刻的？」

蔚商白這次沒發出任何警告了。

「幹幹幹！蔚商白你這王八蛋！」一刻對著蔚商白怒目而視，不敢相信有人是這樣把麻煩推到自己身上的，「老子要跟你友盡！」

「那就友盡十分鐘吧。」蔚商白從善如流地同意。

蔚可可才不管一刻會不會氣得跳腳，馬上興高采烈地拿起手機，對著幼童模樣的一刻一陣猛拍。

柯維安早在蔚可可徵詢蔚商白意見的時候，就從地上爬起來，躡手躡腳地在旁邊瘋狂地拍起一刻。

等到一刻發覺還有漏網之魚，柯維安早就拍得盡興，還順便把照片發到群組裡。

一刻蹦跳起來，「給老子撤回照片！」

「來不及啦，小白，有人已經已讀了。」柯維安笑嘻嘻地說，「別在意那個啦，快看我、看我。我可不可愛？萌不萌啊？」

爲了彰顯自己的魅力，柯維安還在一刻面前轉起圈圈。

「別轉，看了頭暈。」一刻一點也不捧場。他喜歡可愛的東西、可愛的人，但前提是這人別一臉欠打的模樣，「你在這裡，蔚可可和秋冬語也在這裡……」

「老大被另一派的不明勢力抓走了，不過他有留下訊息，要我們不用擔心，還要我們趕緊過來這邊找你們。我的腳步慢，所以小可跟我一起，讓小語先趕路。對了，外套、外套……這個你們先穿上。」

「他怎麼會知道我們在這邊？」

「好像是有用了追蹤的法術還是什麼的，反正他是老大，做什麼都很合理。小白怎麼了？你怎麼一臉一言難盡的表情？」

「不是不明勢力……胡十炎是被葉羊那邊的人抓走的。」

「葉羊、葉羊……」柯維安稍一回想，「啊，和那個酷酷的山蕭在一起的葉羊！等等，那個山蕭爲什麼在這裡？」

「麻煩死了……蔚商白，你解釋。」

「我們不是友盡十分鐘嗎？」

「給我現在、馬上、立刻，負責解釋！」

瞄了一眼似乎隨時要狂暴化變身成噴火龍的一刻，蔚商白還是接下了這個任務，沉著地把事情的前因後果攤開來講。

包括山之民和海之民的存在。

包括山蕭和葉羊都想找人代嫁。

包括山蕭還引來了瘴入侵，如今瘴被消滅了，她也昏迷至今未醒。

聽完這一串，柯維安和蔚可可的表情相差無幾，都是一臉呆愣，遲遲回不了神。

好半晌，柯維安發出了聲音，「哇……哇喔……也就是說，老大也喝下藥水，然後中了籤王，不只縮水還轉了性別，完美地成爲新娘的替身。而小白你們，雖然性別不對，但也被抓過來，打算讓你們男扮女裝去舉行婚契嗎？」

「你的重點是放在這種地方嗎？」一刻給了記凶狠的眼刀。

「其實我的重點是在竟然有妖怪想不開，誰不選，偏偏選中了老大。」柯維安快速改口。

「不對啊，你們不覺得有個地方很奇怪嗎？」蔚可可歪著頭，困惑地說，「哪可能那麼剛好，山蕭今天要去舉行婚契，葉羊也今天要去舉行婚契……這樣看起來，葉羊就是海族的吧。山蕭既然喜歡她的話，幹嘛還要抗拒山族與海族之間的婚契呢？」

在場男性們一怔，他們還眞沒想到這部分。

「不是……小羊怎麼可能是海族？」虛弱的聲音冷不防冒出。山蕭睜開眼，慢慢坐起身體。她看起來無比狼狽，可臉上猶帶著倔強的表情。

「我的婚契對象是男的，聽說軟弱又愛哭。而且我們山族和海族，只要是身爲族長或族長繼承人，名字就會代表著山的生物或是海的生物，就像我是山蕭，我父親是山猴……我不知道小羊是哪一族的，但絕對不可能是海族的下一任族長。而且小羊也說過，她的婚契對象是個醜八怪，長得比熊還大隻。」

「唔，這條件和山蕭妳完全搭不上呢……所以就算她眞是海族的，也才會沒想過妳是山族的下任族長囉？」柯維安摸著下巴推論。

「先不管她是不是。」一刻冷笑地看著山蕭，「那也改變不了妳們兩個都是膽小鬼的事實。」

「我們不是！」山蕭反射性怒喊，可接著她就咬住嘴唇，紅了眼眶，不敢再直視一刻那方。那些犀利不留情的句子就好比是最尖銳的劍刃，戳破了她的自欺欺人，讓她臉上泛起了火辣辣的感覺，「我們只是……我和小羊只是……」

柯維安一向心疼小孩子，卻不代表他會無條件地原諒做錯事的小孩。

這一回是碰到他們……倘若換成普通人，恐怕真的就會被迫代嫁，甚至還得面臨發現真相的妖怪們的怒氣。

「對付不乖的小孩，老大有教過……」秋冬語以不符合她纖弱外表的速度，一把拎起了山蕭，將她按在了自己的大腿上。

接下來上演的，是對一刻來說很熟悉的一幕，他都要懷疑這是不是西山妖狐流傳下來的傳統了。

想當初，左柚也是這樣對待不聽話的小鬼，現在連胡十炎也這麼教導秋冬語了。

「妳、妳要做什麼？」山蕭反應過來便想掙扎。

「打。」秋冬語簡潔地說，輕易制住了山蕭的反抗，另一手高高舉起，然後快狠準地往她屁股上重重搧打下去。

山蕭彷彿是第一次被人如此對待，整個人都懵了。

秋冬語打小孩的屁股毫不手軟，響亮的聲音迴盪在黑夜裡。

「啊，我就知道我沒記錯！」蔚可可這時驀然出聲，「葉羊果然是海族的嘛！」

被打得面紅耳赤、眼裡蓄淚的山蕭猛地轉過頭，「你說什麼!?」

「之前我在網路上有看過葉羊……我說的不是那個小女生，我說的是海底生物。」蔚可可亮出手機，他剛剛就是在上網搜尋，「你們看，有一種海蛞蝓長得很像迷你小羊，身上還長著類似葉片的東西，就叫葉羊啊。」

「也就是說……」一刻驚訝地張大眼，「葉羊的名字的確是代表著海裡的生物了。可是性別，這小鬼不是說她要嫁的是男的嗎？」

「宮一刻，海蛞蝓是雌雄同體的。」蔚商白說。

換句話說，如果葉羊就是海族的下一任族長、山蕭的婚契對象，那麼她看起來雖然是女的，卻也可以是男的。

山蕭整個人都僵住了，如遭雷擊。

雖說胡十炎的安危不須一刻等人擔心，相反地，他們還比較擔心擄人的那一方，但是該做的一些表面工夫還是得做。

依照柯維安的說法，總還是要去老闆面前刷個臉，讓他感受一下員工們對他的關懷與愛。

一刻只想吐槽，這分明是更想讓人感受到幸災樂禍與落井下石吧。

不過一刻得承認，他也想去看個熱鬧。

畢竟堂堂六尾妖狐、神使公會的會長大人，居然會淪落到被當成替嫁的命運，說什麼都要親眼看一次才行的。

蔚商白等人沒有多作發言，但內心的看法倒是都差不多。

比起一刻幾人的輕鬆，山蕭全身繃得緊緊，球帽也拉得極低，像是恨不得能把自己整張臉蓋住。

隨著神使結界的解除，他們所有人又回到了現實世界。

山蕭第一時間就看見了眼上帶著黑眼圈、縮著肩的木森，以及站在木森前頭的魁梧男性。

「小主人，妳沒事吧！」木森一瞧見山蕭等人現身，眼內頓時散發光采，緊接著又躍上愧疚，「對不起啊，小主人……事情鬧太嚴重了，所以我只好……」

「只好找我這個做族長的來當救兵！」山侯咬牙切齒地說，全身上下都被怒火籠

罩，「小山，你們竟然背著我做出這些事！妳眞是、妳眞是……」

山侯也不管還有其餘人在場，大步來到山蕭面前，高壯結實的體格襯得山蕭無比嬌小，他驟然揚高粗壯的手臂。

蔚可可瞪圓眼，反射性要驚呼出聲。

山蕭抿著嘴唇、低著頭，等待懲罰落到自己身上。

卻沒想到下一秒自己是落進了一個粗魯的熊抱。

「妳是想讓妳老爸擔心死是不是！」山侯用力抱住自己女兒，怒吼有如雷聲轟隆。

可是山蕭卻在這份斥罵和擁抱中，感受到了父親對自己的重視。她的眼眶立即一紅，在神使結界裡還能忍住的淚水此時再也控制不了，一串串地滾落下來。

「爸爸……爸爸對不起，對不起……嗚啊啊啊！」山蕭做出了符合她年紀的事，後悔又傷心地放聲大哭，「我怕你罵我，我怕你會覺得我無理取鬧……但是、但是，我本來眞的好害怕去和一個陌生人舉行婚契，我不敢跟你說，我想說去找個人代替我就好了……我、我……眞的很對不起……」

「我怎麼會生了一個這麼笨的女兒！我當然會生氣，但氣完了難道還強逼著妳去跟人舉行婚契嗎？」山侯粗聲粗氣地說，「妳不喜歡就說不喜歡，憋著不說出來，妳當妳爸是妳肚子裡的寄生蟲嗎？」

「我……」山蕭似乎反應不過來，又震驚又茫然。

山侯用力地揉揉山蕭的腦袋，這才將目光移向一刻等人，他已從木森那聽說了這票年輕人的身分。他沒有爲自己的女兒辯解什麼，只是乾脆地朝一刻他們低頭道歉。

「非常抱歉，是我教導無方，我山族會負起責任的。」

一刻瞄了同伴們一眼，接著才說道：「算了，我們這邊的就到此爲止。」

——反正揍都揍完了。

山侯自是不會知悉一刻的心聲，只覺對方格外寬宏大量，反倒令他更加慚愧了。

「不不不，賠禮是一定要送上的，除此之外也會給你們一個交代。」山侯堅持道。

山蕭抹了抹眼淚，也終於誠心誠意地向一刻等人認錯，「是我的錯……我不該做出那些荒唐的事，木森也是不得不聽我的命令……」

「木森已經先被我教訓過了。」山侯冷冷地瞥視一眼。

木森下意識摀著自己的眼睛，覺得被揍過的地方又隱隱作疼起來。按照族長的力道，這瘀青不知道要多久才會消，在這之前他都別想搭訕女孩子了。

「別以爲我回去不會揍妳。」山侯沉著臉對山蕭說，「不過我們現在得先去跟海族的道歉，妳捅了那麼大的婁子……」

「等、等一下，爸爸。」山蕭大力拉住山侯的衣角，阻止他的行動。她低垂著臉，小小聲地問著，球帽遮住她期待又緊張的眼神，「我的婚契對象，她是不是叫作……葉羊？」

木森懷疑自己聽錯了，他驚恐地抬起頭，看看山蕭，再看向山侯。

山侯幾乎要被自己女兒氣笑了，「臭小鬼，妳連自己要婚契的對象叫什麼名字都沒了解過嗎？妳媽不是塞了一大疊對方的資料給妳？」

「我……」自知理虧的山蕭聲如蚊蚋，「我沒看……都把它丟角落了。」

「等一下，葉羊？是我知道的那位葉羊小姐嗎？」木森的詢問不禁高了八度，「她就是小主人妳的……可、可是，族長，小主人的對象不是男的嗎！」

「誰跟你說葉羊是女的？雖然看起來是很像軟綿綿的小丫頭。」山侯摸著冒出短短鬍碴的下巴回想，「但正好和妳個性互補……慢著，木森，你剛說那話是什麼意思？你們還有什麼瞞著我的？」

面對山侯突如其來的陰沉臉色，木森反射性挺胸、併起雙腳，如同旋開的水龍頭，把他們在枯島民宿那認識葉羊的過程交代得一清二楚。

聽完的山侯破天荒地露出了啞口無言的表情。

一刻他們非常能體會此時對方的心情，因爲在他們察覺到眞相的時候，也差不多是這模樣。

「我眞的是……會被你們氣死！」山侯唯一慶幸的是木森還稍微有點腦子，知道整件事不能鬧大，懂得私下來找自己。

誰也沒想到，好好的一場婚契，居然會因爲資訊不足而鬧出了這麼一場荒腔走板的烏龍。

而且兩個當事人都有志一同地找了替身，要來代替自己舉行婚契。他們是把這當家家酒嗎？是當大人都不會發現嗎？

「還有你，木森。」山侯目光如電，盯得木森打了個哆嗦。

「我？族長，我怎麼了？」

「山蕭自己蠢，你也跟著犯蠢了嗎？海族就在身邊，你竟然完全沒有發覺到？」

「我們平時都沒顯露出原形，貿然打聽對方種族也不好意思……我真的不知道海湖和葉羊小姐她們是海族的！唯一比較特別的，就是她們用了迷煙和面具……」

「什麼樣的面具？」

「呃，上面用紅色顏料寫了一個『羊』字……」

「蠢蛋！」山侯恨鐵不成鋼地吼，「那是海族專用面具！你們連這都不知道嗎？」

「可是海湖她們也沒發現我們戴的是山族的面具啊……」木森微弱地辯解。

山侯深吸一口氣，雖然他是族長，但對小輩基本上是採取放任的態度，他可沒料到自己族裡的年輕人對稱得上是鄰居的海族竟如此漠不關心。

而海族那邊恐怕也是差不多情況。

這場婚契，但凡當事人只要對彼此的種族多了解幾分，就不會衍生出後續一連串問題。

「操！胡十炎！」一提到葉羊，一刻霍地回過神，「還得去找他！」

「啊！老大！」一刻這麼一喊，柯維安也猛然回想起這件大事。他們還要趕去胡十炎面前，表達一下員工對上司的關切啊。

「你們是說你們那位被葉羊帶走的同伴吧。」山侯抬頭看了下天空，月亮快要升到今晚的最高點，「我立刻帶你們過去，海族的習俗是會讓新娘或新郎先在約定之岩上獨自等候。做好準備後，那邊的石燈籠會亮起，海族的族人也會陸續出現。」

山侯吹了聲尖利的口哨，一手撈起仍虛弱著的山蕭，將她往自己背上一丟。

下一剎那，多隻山魈從重重樹影中飛竄出來。

「帶著這群客人跟我走。」山侯交代，解決了一票小神使腳程可能不夠快的問題。

山侯率領著自己的守衛朝山下疾奔，一想到待會要面對的尷尬場面，頓時又怒不可抑地對著山蕭罵道：「我跟海族那老傢伙的一張老臉，今天都要被你們兩個臭小鬼給扔到地上了！」

「事實上啊！」柯維安坐在山魈的肩頭上，放大音量，不讓自己的句子被呼嘯的夜風吹散，「我覺得族長先生你也不用擔心面子問題了，你要先擔心……」

「海族全體的人身安全問題。」一刻面無表情地接下去。

「哈哈哈哈哈！」山侯被逗笑了，豪爽的笑聲迴盪在山林裡，絲毫沒將一刻他們的

忠告放在心上。

在他看來，神使的力量確實不容小覷，但海族也不是吃素的。更何況，在海族的地盤上，對方可是人多勢眾，僅憑一名神使，又能有什麼威脅性？

只不過山侯的這份篤定，在他們終於趕至能看見約定之岩的沙灘上時，瞬間被眼前的光景打擊得支離破碎。

山侯活了這麼久，頭一回嘗到瞠目結舌的滋味，他難以置信地望著那塊被海浪隔開的大型礁岩。

本該要點上燭火的幾座石燈籠，如今完全化成了金黃火柱。

璀璨的金色火焰霸道地將石燈籠包覆其中，映亮了海天一角。

而在耀眼火光的映照下，那隻慵懶地佔據整個約定之岩的龐然大物也無所遁形。

「那……那是什麼！」山蕭趴在自己父親背上，失聲大叫。

木森和其他山魈忍不住往後退，來自約定之岩上的威壓太過強盛，讓他們雙腿甚至都有些發軟。

金火在海風中搖曳，勾勒出詭譎的波紋。在約定之岩上佔據爲王的是一隻漆黑的狐狸，金黃的獸瞳比火焰還要耀眼，那身黝黑光滑的皮毛彷彿跟著火焰鍍上了一層淡淡的金光。

黑狐目光懶洋洋地掃向山侯等人，身後的尾巴也逐一揚高。

一條、兩條、三條、四條、五條，六條。

山侯呼吸一窒，那是一隻六尾妖狐。

那是活了起碼有六百年以上的大妖怪！

「小、小羊！」山蕭倒吸一口冷氣，驚惶得像要暈過去。

在六尾妖狐慢悠悠抬高的尾巴當中，有兩條赫然纏捲著兩抹人影，分別是海湖和葉羊。她們臉色發白、雙眸緊閉，不知道是昏過去，還是拚命地假裝自己已經昏過去。

同時，在搖晃的海面上，還能瞧見漂躺著一隻隻小巧圓滾的白色生物，背部宛如插著許多發光葉片。

正是蔚可可曾在網路上搜尋到的「葉羊」。

木森吞了吞口水，與海湖的待遇相比，自己只被打出一個黑眼圈眞的太幸運了。

柯維安看了看四周呆若木雞的妖怪們，對此場景已經見怪不怪，他嘆了口氣，用一句話作爲總結。

「看，我就說吧。」

當海湖被扔到沙灘上的時候，她緊緊閉著雙眼，猶豫著這時她應該繼續假裝昏迷，還是偷偷地掀開眼睛，看一下外面的狀況。

但要是睜開眼看見的就是六尾妖狐要吃掉自己的畫面，她該怎麼辦？

六、尾、妖、狐！

這四個字從海湖腦中躍跳出來的瞬間，她覺得每一字都自帶磅礴懾人的音效。

要是時間能夠倒轉，那麼海湖絕對會站在阻止自家小姐的那方，說什麼都不讓葉羊去找替身來代嫁……或者說代娶也可以。

畢竟他們是葉羊一族，海蛞蝓的本體是雌雄同體嘛。不過歷經長時間的演化，身爲妖怪的他們在成年後除了能保持原樣，也能選擇性別分化，決定要成爲男性或女性。

而由於葉羊的外形偏女孩子氣，海湖他們才會更習慣稱呼她爲小姐。

對了，小姐！

一想到葉羊，海湖不禁擔心起對方的安全，一時也顧不得再裝死了，她趕緊睜開眼睛，想要搜尋對方的身影。

率先映入眼中的，卻是夜空中翩然落下的一抹嬌小人影。

那名小女孩有著比夜色還深暗的髮絲，金黃的眼瞳比灼灼焰火更明亮，頭頂一雙漆黑狐耳，六條碩大的尾巴彷彿能遮天蔽月。

隨著胡十炎慢悠悠地落足在銀白色沙灘上，海湖感覺自己的心臟似乎跟著對方的腳步聲震顫了幾下。

純粹是被嚇的。

即使面前的小女孩再如何貌美、再怎麼像精緻的東方瓷娃娃，但海湖只覺得對方根本就是披著漂亮人皮的大魔王。

比一百個他們的族長站在一起都還要恐怖！

海湖吞嚥一下口水，努力不著痕跡地往後退，想要與胡十炎拉開距離，一邊尋找著葉羊的蹤跡。

很快地，她看到葉羊了。

包子臉的小女生怯生生地蜷縮成一團，眼裡含著兩泡淚水，臉色說有多蒼白就有多蒼白，嬌小的身子還在瑟瑟發顫。

海湖覺得自己的狀況大概也跟葉羊差不多。

對於她們盯上胡十炎，並把人綁來當替身一事，海湖現在只有一個想法……

就是後悔，很後悔，特別後悔。

誰知道她們這一綁，會綁來一隻六尾妖狐？

回想起不久前的畫面，海湖冷汗直冒。她們才抵達約定之岩沒多久，打算幫人換上嫁衣，再讓葉羊躲好，就能點亮石燈籠，通知族人到來……

然後可怕的事就發生了。

以爲昏迷過去的胡十炎無預警張開眼睛，摘下臉上的面具，笑得既從容又危險，接著人形消失，轉變成一隻大得驚人的黑狐狸。

六條華麗的毛茸茸尾巴不疾不緩地在夜空下伸展開來。

再怎麼對其他妖怪不了解，葉羊和海湖還是有基本妖怪常識的。

六條尾巴長在一隻狐狸身上，只代表著一件事——

那是一隻足足活了六百年以上的大妖怪啊！

如果放在其他時候，葉羊和海湖一定會對這隻大妖怪目露崇拜。但當大妖怪的尾巴把她們倆捲起來舉到高空，別說崇拜了，她們只想在最短時間內昏過去，這樣就不必面對如此嚇人的事實了。

偏偏大妖怪還噴吐出金色的火焰，把石燈籠變成了熊熊燃燒的火柱，讓海族其餘人誤以為婚契已準備好，迫不及待地浮上海面。

海湖很難說明，究竟是被妖狐的尾巴綁住，還是被妖狐的威壓嚇得在海中昏迷，哪一種下場會比較好？

還沒等海湖從心靈創傷中回過神來，她耳邊驀地聽到了一陣激動的叫喊聲。

「老大！」

「胡十炎！」

「喔，來了呀。」胡十炎收起了自己顯眼的大尾巴，氣定神閒地望著一刻等人紛紛從山魈肩上跳下，朝自己跑了過來。

柯維安是當中衝最快的，一來到胡十炎面前，他馬上熱切無比地——

拿出手機，對著胡十炎一陣猛拍。

開什麼玩笑，頂頭上司變成一名幼女的畫面怎麼能錯過呢？

肯定是要拍，拍拍拍！

「我打賭柯維安下一秒就會樂極生悲。」一刻對蔚商白說。

「顯而易見。」蔚商白同意。

果然就在下一瞬，胡十炎又放出一條尾巴，快速俐落地把柯維安壓制在地面上。

不理會像隻壓扁青蛙的柯維安，胡十炎愉悅的目光看向秋冬語，「眞想念妳這樣子的模樣呢，小語。」

「我會努力，快點長大……」秋冬語認眞地給予承諾，「老大和可可，要信我。」

「信信信，小語說的我當然都信！」蔚可可握著秋冬語的手，雙眼閃閃發亮。

「這場景，感覺像本大爺的女兒突然交了一個男朋友。」胡十炎摸著下巴。就算是頂著小蘿莉的模樣，可與生俱來的大妖威嚴並沒有因此消失，她的視線在掃過一刻他們後，最終落至了山侯那邊。

木森和山魈們早就退得極遠，絲毫不敢距離胡十炎太近，免得連站都站不穩。

山侯那麼一名高壯的男人，在面對如今不到自己腰間高度的胡十炎時，態度卻是戒慎惶恐，「大人……」

胡十炎抬起手，打斷了山侯想說的任何話，「詳細賠償，等海族那邊都醒來再說吧，雖然本大爺玩得挺高興。」

「啊，她說了，老大說出來了。」柯維安和一刻咬著耳朵。

「毫不意外。」一刻翻了白眼。

山侯等人呆愣一下，正當葉羊與海湖心裡生起也許可以逃過一劫的僥倖想法之際，胡十炎又微微一笑地說了。

「但我們可以先討論兩位婚契當事人，以及她們手下的懲罰。」

被點名的山蕭、葉羊、海湖、木森心頭一顫，登時屏住了氣。

「先從從犯說起吧。海湖和木森，枯島民宿的小管家，身爲管家卻對客人不敬，你們就在枯島民宿再當個五年的無薪管家。對了，還得自掏腰包，包下我的下屬們這幾天餐飲和住宿的費用。」

「這部分又關妳什麼事？」一刻對胡十炎的做法百思不解，說得好像他是民宿老闆一樣。

「喔，枯島民宿是西山妖狐底下的產業，換句話說，也是本大爺的產業，我沒跟你們說過嗎？」

「見鬼的你最好有說過啊！」一刻代表眾人，吼出了共同心聲。

木森和海湖還來不及為自己錢包重創而心痛，就被這驚天消息砸得頭暈眼花，反應過來後更是直冒冷汗，恨不得能把自己埋進地裡。

他們作夢也沒想到，自己工作地方的幕後大老闆就是這隻六尾妖狐。

偏偏他們……還膽大包天地綁了老闆……

胡十炎可沒管海湖和木森有如面對世界末日的表情，接下來換點名山蕭與葉羊。

「至於兩位小朋友，該多學點妖怪的知識了。」

山蕭和葉羊低頭著，不敢反駁，直到她們聽見胡十炎說：

「山族的，到時替本大爺向海族的一併轉達，這兩個小的，該背一下那套妖怪百科了，哪天背好，就哪天放出來。」

「這難道……就是關小黑屋，背書！」蔚可可倒吸了一口冷氣，他對這處罰太有感觸了。

「您……您說的是哪個妖怪百科？」山蕭聲音發顫。

「難道說……是傳說中的那個？」葉羊的眼淚快流出來。

「來，小語，告訴她們，我說的是哪個？」胡十炎愉快地說。

「全名是不淺顯也不易懂……大人都難學會的妖怪百科。」秋冬語慢吞吞地回答。

這消息對山族和海族的下任繼承人而言，無疑是晴天霹靂。

《不淺顯也不易懂，大人都難學會的妖怪百科》的內容——共分三部，一部十二冊，每冊再分上中下，一本約一千五百頁。

山蕭與葉羊呼吸一窒，再也承受不了打擊，當場暈厥過去。

甚至巴不得別再醒來了。

尾聲

比起昨日的寒冷，今天倒是明顯回溫了。

海風雖然依舊裹帶涼意，可少了刺骨，吹在皮膚上也不再如針般扎人。

宮莉奈原本預定週日中午退房，沒想到一早在小木屋先接到了民宿的電話。

來電的是那名叫海湖的小管家。

對方的聲音不知道爲什麼有點有氣無力，還戰戰兢兢的。

宮莉奈放下話筒後，還是一頭霧水。

「怎麼了？」整理完儀容的江言一從廁所出來，看著宮莉奈茫然地站在電話前。

「剛剛民宿打電話。」宮莉奈說，「說是慶祝民宿一週年，加上我們又是這兩天唯一一組客人，所以優惠我們免費再多住兩天，昨天的住宿費也會全數退還，還包三餐下午茶、晚茶和宵夜。退房時會送我們一張白金ＶＩＰ卡，沒有期間限制，以後訂房就是三點五折……這會不會太優惠了？」

「那我們就再多住兩天，妳工作會有影響嗎？」

「不會，反正我的假本來就還有。我晚點打給助理妹妹，請她調一下課表。」

「我也不會，銀牙灣附近聽說還有不少地方能逛，到時妳想去哪我們再一起去。待會我順便打電話給宮一刻，問問他那邊的意思。」江言一走上前，側頭啄吻了下宮莉奈的臉頰。

「我還沒刷牙洗臉啊。」宮莉奈紅了臉，在那吻想落到嘴唇上時推了江言一一把，匆匆跑進廁所裡。

江言一拿起電話話筒，按了二號小木屋的電話號碼。

「宮一刻，你們昨天是不是做了什麼？」

「……囉嗦，又不是我們願意做的。」

一刻接到來自一號小木屋電話的時候，還以爲是自家堂姊打來的，沒想到打來的人是江言一。

他皺著眉將昨天發生的事大略講了一遍，在被問及是不是要多留兩天，他轉頭看了一眼客廳裡的一群人。

老實說，他想回家。

但柯維安似乎一眼就看穿一刻的心思，馬上飛撲過來，抱著他的大腿，「小白、小白，住下來啊啊！就多留兩天啊啊！我們昨天根本就沒玩到什麼……」

「不是玩了打鬼遊戲嗎？」胡十炎優雅地吃著小管家親自送來的豪華早餐。

「老大，那是你玩我們還差不多吧……」柯維安控訴著。

結束和江言一的通話後，一刻抹了把臉，才起床沒多久，他現在就覺得累了。

昨天的綁架兼代嫁事件，最後是由山族、海族兩方族長的道歉和賠償作收尾，兩族間原本的婚契自然也先打住。

主犯的山蕭、葉羊，以及幫凶的木森、海湖都各自受到了懲罰。

即使如此，一刻還是認爲胡十炎也要負大半責任。

要不是因爲那傢伙覺得好玩，綁架事件連開始都不會有，便能直接宣告結束，更不用說後續衍生出一堆有的沒的問題。

但無論如何，幸好變身藥水的效用清晨時就消失了，讓所有人都回復正常，一刻也用不著擔心自己該怎麼用小孩子的面貌去面對宮莉奈。

柯維安大概是唯一最不希望那麼快變回來的人了，他一臉痛惜，恨不得能再多看幾天自己那惹人憐愛的可愛模樣。

「我還沒看過癮啊……」柯維安唉聲嘆氣地說，「年幼的我就是我理想的夢中小天使，還有小白跟蔚商白也很可愛啊。」

「你可以再去跟開發部要一次那藥水喝喝看。」一刻給予建議。

「不不不，還是不了。」想到開發部可能給自己升級變化的版本，天知道喝下去會變成怎樣，柯維安忍不住心驚膽跳地「嘶」了一聲。

「話說回來……」一刻回到沙發區，踢了蔚商白一腳，要他讓點位置給自己，「那個叫木森的是不是有說過，我們闖進了一間只給妖怪住宿的民宿……胡十炎，他這是什麼意思？」

「意思就是，枯島民宿目前還沒開放給人類預訂，普通人是找不到這間民宿、也看不到這間民宿的。」

「但莉奈姊明明就訂到，還進來了。」

「會進來是因爲她訂房成功，算是跟民宿締結了契約，因此自然而然能找到……所以房間是你堂姊訂的？」

「等等，我問一下……」一刻要問的，自然不是宮莉奈，而是江言一。

問到答案後，一刻臭著一張臉，陰沉地說，「江言一看行程表時，上面就已經註明要預訂枯島民宿。他以爲是莉奈姊找好的，而莉奈姊以爲那是江言一找好的，前天就打電話過去訂房。那個行程表是雲端文件，只開給他們倆用，連我都沒看到。」

「欸欸欸？」蔚可可沒想到事情還有這個發展，「可是這樣很奇怪耶，如果不是江言一或莉奈姊，那還有誰能編輯行程表，讓他們誤以爲是對方找的民宿？」

「該不會是鬼打的吧，哈哈哈。」柯維安說著說著，自己都笑起來了。

「幹，鬼！」一刻頓如醍醐灌頂。

「什麼？什麼？小白你難道眞的認識鬼嗎？你怎麼能背著我……」

「閉嘴，老子是說莉奈姊工作地方的鬼！」

一刻臉色鐵青，終於碰觸到了眞相。

宮莉奈的雲端文件，除了她和江言一能夠進入作業之外，從她在莉芳補習班裡的那台電腦也能進入。

工作關係，電腦上的雲端一直是保持登入狀態；宮莉奈的同事不會碰她的工作電腦，即使有小偷半夜入侵，也不可能那麼無聊去修改文件資料……那……如果沒人那麼無聊的話，鬼呢？

因爲南陽大樓那邊……

剛好就有一群閒到不行的智、障、鬼！

《海的約定岩》完

後記

歡迎來到「神使劇場」第四集的後記～

不知不覺中居然已經到第四集了嗎？時間真的流逝得有夠快啊XD

照慣例，「神劇」一向是滿足我這樣那樣各種妄想的外外傳，所以本集也來啦！

小孩子的雙白wwwww

這次的雙白和上次的雙白不一樣，由小白跟我們很帥很帥的蔚商白同學領銜擔綱。雖然在《夢的覺醒夜》中，阿白同學也有登場，但畢竟沒有跟著進入小世界。感受到大家看不夠的怨念，《海的約定岩》裡就充滿著他的帥氣身影了！

寫男孩子很愉快，寫女孩子更愉快，寫可愛的小孩子～就是愉快度飆出新高度了哈哈。雖然小白他們是故事後段才變成小孩子，但前面也有萌萌的葉羊和山蕭。這兩位小朋友的名字一開始就點出了他們的身分，不知道大家有沒有發現到XD

葉羊自然就是葉羊，沒看過圖片的趕緊上網搜一下，真的超級可愛，像是一隻插著很多葉片的迷你小羊，當時看到照片就忍不住大叫好萌啊。

山蕭就是山魈的同音了，寫的時候也順帶研究起山魈與其他猴子的差異，才赫然發現到，原來並沒有所謂猿猴這種動物。猿與猴子是不同科，而山魈便是屬於猴科動物，特色是面部有鮮艷色彩，而且蛋蛋似乎是艷麗的紫色……好奇的可以google看看。

最近碰上防疫期間，大家要多注意勤洗手，出入人多的公共場合最好再戴上口罩比較保險。希望情況能趕快穩定下來，讓大家都可以安下心、鬆口氣。

總之～希望接下來都能順順利利！

醉琉璃

神使劇場熱鬧感想區QR Code
歡迎大家上來分享心得唷！

Main Cast

Thanks for reading♥

國家圖書館出版品預行編目資料

神使劇場：海的約定岩 / 醉琉璃 著.
——初版. ——台北市：魔豆文化出版：蓋亞文化
發行，2020.05
面； 公分.（Fresh；FS177）
ISBN 978-986-98651-1-1（平裝）
863.57 109004355

作　　者　醉琉璃
插　　畫　夜風
封面設計　莊謹銘
主　　編　黃致雲
總 編 輯　沈育如
發 行 人　陳常智
出 版 社　魔豆文化有限公司
發　　行　蓋亞文化有限公司
地址：台北市103承德路二段75巷35號1樓
電話：02-2558-5438　傳真：02-2558-5439
電子信箱：gaea@gaeabooks.com.tw
投稿信箱：editor@gaeabooks.com.tw
郵撥帳號 19769541　戶名：蓋亞文化有限公司
法律顧問　宇達經貿法律事務所
總 經 銷　聯合發行股份有限公司
地址：新北市新店區寶橋路二三五巷六弄六號二樓
電話：02-2917-8022　傳真：02-2915-6275
港澳地區　一代匯集
地址：九龍旺角塘尾道64號龍駒企業大廈10樓B&D室
電話：+852-2783-8102　傳真：+852-2396-0050
初版一刷　2020年5月
定　　價　新台幣 220 元
Published and printed in Taiwan

ISBN 978-986-98651-1-1

魔豆

魔豆